A Faint Cold Fear Thrills Through My Veins
William Shakespeare

Zu diesem Buch

«Es ist meine ehrliche Meinung, daß Schriftsteller niemals Erklärungen abgeben sollten, jedenfalls nicht über ihr literarisches Schaffen!»

Per Wahlöö ist seinem Grundsatz treu geblieben, denn als Journalist war er daran gewöhnt, hinter seinen Publikationen zurückzutreten. Ebenso unbekannt wie Aussagen zu seinem literarischen Schaffen ist sein Leben. Biographisches läßt sich nur bruchstückhaft wiedergeben: 1926 in Lund (Schweden) geboren, studierte er Geschichte, machte später als Journalist Karriere, ging in den fünfziger Jahren nach Spanien, wurde 1956 vom Franco-Regime ausgewiesen und ließ sich nach langen Reisen um die ganze Welt in Schweden nieder. Im Sommer 1975 starb er, erst 49jährig. Zusammen mit seiner Frau Maj Sjöwall hat er wie kein anderer seit Chandler das Krimi-Genre beeinflußt. Sowohl mit dem Martin-Beck-Zyklus «Roman über ein Verbrechen» als auch mit seinem eigenen Werk, das den Arbeitstitel «Diktatur» trug und sieben Titel umfaßt: Mord im 31. Stock (Nr. 2424), Das Lastauto (Nr. 2513), Libertad! (Nr. 2521), Unternehmen Stahlsprung (Nr. 2539), Die Generale (Nr. 2569), Foul Play (Nr. 2588) und Wind und Regen (Nr. 2625).

Per Wahlöö wollte immer eine Geschichte der Seekriege verfassen. Seine Kenntnis des Milieus, seine Erfahrungen mit fremdländischen Kulturen, seine offenkundige Vorliebe für die Seefahrt konnte er aber schon in Erzählungen verarbeiten, die er in den Jahren zwischen 1958 und 1963 verfaßte. Die ersten sechs Geschichten in diesem Buch haben eines gemeinsam: Sie tragen jeweils den Namen eines Schiffes.

Schiffe und Menschen: Sie leben miteinander, erfahren die unterschiedlichsten Gefühle, Liebe und Haß, Gier und Freizügigkeit oder einfach nur den ordinären monotonen Alltag, all das breitet Per Wahlöö vor dem Leser aus, nicht ohne Humor und manchmal mit Melancholie. Es sind keine Kriminalerzählungen im klassischen Sinne, obwohl die kriminelle Energie von Schiffen (!) und Menschen durchaus spürbar wird, im Alltäglichen oder Skurrilen – je nachdem.

In einem Gedicht und zwei Liebesgeschichten beschreibt Per Wahlöö ein Thema und die gleiche Lebenssituation: die Liebe und das verzweifelte Werben eines Mannes um eine Frau, die sich nicht binden will.

Beruhigend, daß sich Per Wahlöö nicht auf ein Genre festlegen lässt.

Per Wahlöö

Von Schiffen und Menschen

Stories

Deutsch von
Eckehard Schultz

rororo

Rowohlt

rororo thriller
Herausgegeben von Bernd Jost

19.–36. Tausend Mai 1988

Deutsche Erstausgabe
Veröffentlicht im Rowohlt Taschenbuch Verlag GmbH,
Reinbek bei Hamburg, Mai 1988
Die Originalausgabe erschien im P. A. Norstedt & Söners Förlag,
Stockholm, 1964 unter dem Titel «Det växer inga rosor
på Odenplan. Noveller 1957–63»
Die Story «Kanske i morgon» erschien 1963 in der
Anthologie «20 berättelser för film» im
P. A. Norstedt & Söners Förlag, Stockholm
Redaktion Peter M. Hetzel
Umschlagfoto Thomas Henning / Bettina Scheffler
Umschlagtypographie Jürgen Kaffer / Peter Wippermann

Satz Bembo (Linotron 202)
Gesamtherstellung Clausen & Bosse, Leck
Printed in Germany
680-ISBN 3 499 42889 x

Inhalt

Für Sylvia und Maj

I.

Amlwch Rose

Über Winter hielten sich in Fornells nur wenige Menschen auf, obwohl die Tage oft schön und die Sonne auf der windabgewandten Seite zwischen Cabo Pontinat und Cabo Cabalería glühend heiß sein konnte. Der Wind kam aus Norden, irgendwo von der Azurküste her, aber das konnte man kaum glauben. Denn er war mit seinen kalten Böen unberechenbar. Auf den Randbergen sah man, wie er das Wasser in langen, schweren Wellen hin und her rollte, die sich mit störrischer Einförmigkeit an der abgehackten Strandkante brachen. Aber sehr oft wanderte man dort nicht hinauf, sondern blieb lieber unten im Dorf und ließ den Sturm über die Hausdächer vorbeibrausen und weiter über die kargen Weiden des Landplateaus wehen, wo die mageren Ziegen und die schrägen Olivenbäume ihm schutzlos ausgeliefert waren. Als ich Ende November hinüberfuhr, hatten die Herbststürme bereits eingesetzt, und die Grundseen trafen den kleinen vorsintflutlichen Dampfer so hart, daß er sich wie ein Wecker schüttelte und vibrierte vom Schweinsrücken bis zum Propellerblatt. Auf dem Zwischendeck wälzten sich apathisch wiederkäuende Marineinfanteristen zwischen den Schweinen hin und her, und der Chief kniete im Maschinenraum vor einer tropfenden Dichtung mit dem Schraubenschlüssel wie ein Kruzifix vor sich in der Hand. Das war keine Vergnügungsreise im eigentlichen Sinn, aber ich war ja auch geschäftlich nach Menorca unterwegs.

Ich sollte ein Grundstück von Sir Angus ffolliott kaufen, einem Waliser, dessen hervorragende Eigenschaften, wie man sich erzählte, hochgradige Verkalkung, hervorragende Kenntnisse der äthiopischen Dialekte und ein prinzipieller Widerwille gegenüber seinen Nachbarn waren. Als Sir Angus vierzig Jahre früher aus dem Dienst der Kolonialverwaltung des Commonwealth ausgeschieden war, hatte er sich zu einem Spottpreis eine hohe, pinienbewachsene Landzunge angeschafft, mit Sandstrand an der Lagunenseite und glatten, flachen Klippen zum Meer hin. Darauf hatte er als Krönung eine vereinfachte Version von Windsor Castle bauen lassen, von einem einheimischen Architekten nach Vorlagen auf Postkarten gezeichnet. Schließlich hatte er sich so gründlich in der Geometrie verstrickt, daß man durch das Badezimmer gehen mußte, um aus der Bibliothek in das Speisezimmer zu kommen und nur durch zwei Schrankräume und eine Speisekammer irrend die Terrasse erreichte. Rund um das Grundstück, das nur einen kleinen Teil des Geländes ausmachte, das er an sich gerafft hatte, war eine drei Meter hohe Gefängnismauer errichtet worden, gespickt mit Nägeln und Scherben von zerbrochenen Flaschen. Außerhalb dieses Festungswerkes gab es nur Ziegen und einen schwachsinnigen Hirten, aber drinnen war ein aus dem Ort stammender dienstbarer Geist seit Jahrzehnten mit dem gegen die heimische Natur gerichteten Projekt beschäftigt, einen englischen Park mit Kieswegen und niedrigen Buchsbaumhecken anzulegen. Während sein Arbeitgeber daran arbeitete, hamitische Hieroglyphen niederzukritzeln hinter rauchgefärbten Fensterscheiben, die unbarmherzig alle Strahlen des faszinierenden Lichts dieses Landes auslöschten. Umgang pflegte ffolliott nur mit einigen Personen von Stand aus Mahon, die ihn einige Male im Monat zum *Five o'clock tea* besuchten. Im übrigen widmete er seine Zeit der Wissenschaft, und so war es nicht schwer, ihm aus dem Weg zu gehen. Aber seine Halbinsel war leider das beste Hotelgrundstück im ganzen Archipel, und Antonio, der mich hierhergesandt hatte, würde viel darum geben, dies Stück Land in seinen Besitz zu bekommen. Sir Angus war ein Sonderling, nur wenig am Geld interessiert, und allein der Gedanke, ihm einen Teil des Bergrückens abzuschwatzen, wäre absurd gewesen, wenn nicht geheime Kanäle – und auf den Balearen gab es zu jener Zeit ebenso viele solcher Verbindungen wie Staatsbeamte – die Nachricht verbreitet hätten, daß er Kapital benötige, um sein äthiopisches Lexikon verlegen zu lassen. Mit anderen Worten, er mußte verkaufen, aber Sir Angus verkaufte eben nicht an den ersten besten.

Als Nachbar konnte er sich in einer derartigen Zwangslage allenfalls einen namhaften Gentleman, am liebsten einen Engländer mit Sitz im Oberhaus, jedenfalls unter allen Umständen kinderlos, zurückgezogen, respektabel, musikinteressiert, finanziell unabhängig und kultiviert vorstellen. Ein langes Leben hatte ihn den höchst relativen Wert guter Referenzen gelehrt; er konnte nur durch persönliche Inaugenscheinnahme überzeugt werden, und obwohl er achtzig Jahre alt war, hatte er es nicht eilig.

Ich konnte für mich zweifellos nicht den Anspruch erheben, mehr als eine der geforderten Qualifikationen zu besitzen, aber Antonio, den ich in einem Lokal in Palma getroffen hatte, machte mich zu seinem Planungsexperten, obwohl ich noch kein Wort der Landessprache verstand, und er setzte großes Vertrauen in meine Gabe, andere Leute zu täuschen. Erst viel später war ihm bewußt geworden, daß ich nur unter Schwierigkeiten ein Flugsandgelände von einem Vulkan unterscheiden konnte und daß ich eigentlich gar nicht nach Arbeit gefragt, sondern versucht hatte, ihm meine Jacke zu verkaufen. Zufällig saß er am Nebentisch, und ich konnte meine Zeche nicht bezahlen. Aber davon genug. Mit Tweedhut, Kamera, Feldstecher und blaugestreiftem feinem Oberhemd mit Monogramm ausgerüstet, kam ich also nach Menorca und ließ mich in Fornells nieder, sechs oder sieben Kilometer von den ffolliottschen Besitzungen entfernt. Im Winter, wie gesagt, ohne Hast und in ausreichender Entfernung zu meinem Auftrag.

Damals lebte dort noch ein einziger Ausländer, ein schwedischer Maler und Stipendiat, der in schöner Reihenfolge aus Mallorca, Ibiza, Formentera und Cabrera ausgewiesen worden war und nun mit Hilfe spartanischer Wechsel seine gutmütigen neuen Kreditgeber malte. Da es ihm nach drei Studienjahren lediglich gelungen war, einen kleinen Teil der kastilischen Sprache für sich nutzbringend einzusetzen – genauer gesagt, die Worte Coñac und Droschka, letzteres sah er als die Übersetzung des Wortes Taxi an –, war er froh darüber, einen Landsmann zu treffen. Wir hatten noch kaum drei Minuten zusammen in einem Café unten am Kai gesessen, als er meine Hand ergriff, mich mit seinen Augen, die kleinen blauen Quallen in Vanillesoße glichen, fixierte und erklärte:

«Du bist der beste Freund, den ich jemals gehabt habe.»

Wir schüttelten uns fünf weitere Stunden lang die Hand, unterbrochen von Fingerhakeln, Armdrücken oder anderen natürlichen Verlangen. Mit Hilfe des linken Armes prosteten wir einander mit Vino Negro zu, einem billigen, herben und schweren Wein. Ebenso wie viele andere Leute aus dem Norden wurde der Stipendiat von einem dumpfen und melancholischen Heimweh geplagt.

Meistens sagte er:

«Der Norden ist immer noch der Norden.»

Manchmal sagte er:

«Es gibt keine Fleischklößchen auf Menorca...»

Und gleich darauf:

«Und auch keinen klaren Schnaps.»

Einmal sagte er sogar:

«Es gibt auf Menorca keine Blutklöße.»

Er stammte aus Nordschweden.

Wir saßen immer noch da, als die violetten Vorboten der Dunkelheit über die Bergrücken heranzogen, während die Nacht sich wie ein schwarzer Samtvorhang über die niedrigen Häuser legte. Dann suchte sich ein eisiger Winterwind einen Weg durch die Windungen der Hafeneinfahrt und wehte am Kai entlang.

Da ließ er meine Hand los und erhob sich vorsichtig, bis er erstaunlich gerade dastand, und ich stellte zerstreut fest, daß ich wegen der langatmigen Händeschüttelzeremonie vergessen hatte, mich um eine Unterkunft zu kümmern. Wir gingen schweigend und uns gegenseitig stützend langsam eine steile Gasse hinauf, denn der Vino Negro war ganz ohne Zweifel der schwerste aller leichten Weine. Das Haus war gar nicht mal so klein, es schien mir aber um so einfacher konstruiert. Eine feierlich flackernde Glühlampe verriet die Konturen eines Bettes, eines Spirituskochers, zweier Demijohns und einiger Wellpappkartons mit schmutziger Wäsche und mehr oder weniger vollendeten Kunstwerken. Das alles war an der hinteren schmalen Wand eines riesigen, kahlen Raumes mit Betonfußboden und rauhen Wänden aufgehäuft. Der Gastgeber sank sofort auf die Liege und rollte sich an die Wand, holte ein einziges Mal tief und röchelnd Luft und schlief mit zuckendem Unterkiefer und einem seligen Lächeln auf den Lippen ein. Einen Moment später gab die Birne ihren Geist auf, und ich suchte fummelnd nach der Bettkante und legte mich auf den Rücken, ließ das Kinn fallen und hörte vor der majestätischen Klangkulisse einer fernen Brandung meinen ersten Schnarchton. In dieser ersten Nacht in Fornells war ich von Alpträumen geplagt. Mit dampfenden Kinnladen und enormen, strahlenden Augen kam das Monster auf mich zu, wurde in einem dröhnenden Katarakt erfolgreich bekämpft, dieses tosende Urzeitgetier mit geriffelter Stirn. Bis ich mich geschlagen geben mußte und es sich schließlich unbeweglich über mir auftürmte, über meinen erlahmten Körper, der hilflos gefesselt auf einem Steinsarkophag zu liegen schien. Ich erwachte, aber da war nur noch der Steinsarkophag, denn dem Bett mit einem Boden aus Holz fehlte eine Matratze. Im übrigen war es stockdunkel, und nur das Meer war zu hören, weit weg, und verschiedene menschliche Lebenszeichen, sehr nahe. Ich schlief sofort wieder ein. Nach einer Ewigkeit der Leere öffnete ich die Augen, im Bewußtsein ein drohendes metallisches Geräusch dicht neben meinem Ohr. Das Blickfeld wurde von einer Schreckvision durchkreuzt: einige Zentimeter von meinem Kopf entfernt blitzte eine schwarze, sehnige Hand vorbei, die sich hart um einen Gegenstand schloß, der einer Eisenstange glich. Das abgrundtiefe Geräusch war erneut zu hören, und gleich darauf sauste die Hand mit der Waffe wieder vorbei.

Ich rief mit vom Wein schwer gewordener Stimme:

«Nehmt mich doch einfach mit, ihr Idioten. Ich habe nichts in der Tasche, aber das Konsulat bezahlt das Lösegeld.»

Dann ließ die Lähmung nach, ich warf mich gegen die Wand, und im gleichen Moment erfüllte ein fürchterlicher Lärm den ganzen Raum.

«Es ist sechs Uhr», schrie der Stipendiat und drehte sich um.

Endlich in der Lage, eine Kette logischer Gedankengänge zu verbinden, drehte ich mich um und sah den grün lackierten Postbus nach Mercadal direkt vor mir, einen uralten Fiat, der gerade rückwärts in das graurosa Licht der Dämmerung hinausfuhr, während der Fahrer triumphierend mit der Handkurbel grüßte. So wurde mir klar, daß der Stipendiat seine Behausung mit dem Bus teilte, und nach dieser Lektion schlug ich in Zukunft alle seine Einladungen zu einem Dämmerschoppen oder zu einer Übernachtung bei ihm aus. Aber wir trafen uns häufig während der Zeit, in der mein Auftrag mich in Fornells festhielt.

Mitte Dezember schrieb ich einen mit großer Sorgfalt formulierten Brief an Sir Angus, am Silvesterabend erhielt ich eine feierliche Antwort, und vierzehn Tage später besuchte ich ihn, um bei ihm Tee zu trinken. Von Anfang an wurde es zu einem außergewöhnlichen Ereignis. Der Gärtner führte mich vom Eingangstor zwischen Reihen traurig dahinwelkender Buchsbaumpflanzen hinauf zur Treppe, dann nahm mich seine Frau in Empfang, fett und grinsend mit ihrem goldplombengeschmückten Mund, und führte die kleine Gruppe in die Eingangshalle, wo der Hausherr auf die Uhr schielend auf uns wartete. Sir Angus wirkte älter, als eine Beschreibung seines Äußeren anzudeuten vermochte. Sein Alter verlieh ihm eine erstaunliche Transparenz, und wenn man mir gesagt hätte, er sei hundertfünfzig Jahre alt oder eine Mumie, die man durch eine geniale Methode zum Leben wiedererweckt hatte, dann hätte ich nur aus einem gewissen technischen Interesse reagiert. Seine Stimme war leise und ausgesprochen spröde und unterstrich den Eindruck, daß in diesen Mauern kein Wort in normalem Unterhaltungston geäußert worden war, seit der Architekt sein Werk inspiziert und herumgeflucht hatte, weil er den Ausgang nicht finden konnte. In der Bibliothek stand neben anderem ein automatisches Klavier von staunenerregender Größe und Aussehen und eine lange, klapperdürre Frau, die, wie sich herausstellte, Sir Angus Gemahlin war. Sie hieß mich mit flüsternder Stimme und einem entzückenden kleinen Lächeln willkommen, das ihr das Aussehen eines schüchternen Nilkrokodils verlieh, und ich betrachtete argwöhnisch ihr prinzipienfestes Kinn. So allmählich begann das Teetrinken, unter strenger Beachtung von Takt und Würde. Die Flüssigkeit war widerlich, wie alle britischen Lebensmittel, voller schwarzer Flocken, Kondensmilch und anderen Geschmacklosigkeiten. Die Konversation lief stockend. Bei der zweiten Tasse erwähnte Sir Angus das Wort Limerick, und ich zuckte innerlich zusammen wie ein Schuljunge, dem erst während der Unterrichtsstunde urplötzlich klar wird, daß er einen wichtigen Teil der Hausaufgaben nicht gemacht hat. Der einzige Limerick, der mir spontan einfiel, begann so:

Da war eine Nutte in Boden, die baute in ihre Kommode,
von Kinsey durchdrungen,
der Forschung verbunden,
ein Diktaphon . . .

und war also aus verschiedenen Gründen für diese Gelegenheit weniger gut geeignet.

Aber Sir Angus hob langsam einen durchsichtigen Zeigefinger, wies auf mich und deklamierte mit seiner Silberstimme:

«Algy met a bear,
The bear was bulgy,
The bulge was Algy.»

Ich kam mir innerlich ziemlich leer vor, setzte jedoch schnell ein bleiches Lächeln auf, das passend erschien. Sir Angus vollführte daraufhin eine imponierende Fakirnummer, indem er sechzehn Minuten lang mit erhobenem Zeigefinger einen erschöpfenden Vortrag über die sprachlichen und literarischen Eigenheiten dieser kleinen Strophe hielt. Als er schließlich die Hand senkte, versetzte ich ihn erneut in Entzücken, weil ich mit allem notwendigen Respekt die Frage stellte, ob das vorgetragene Gedicht wirklich ein klassischer Limerick sei, was zu einer halbstündigen Vorlesung über das volkstümliche Epigramm, seine Herkunft und Entwicklung führte. Während der ganzen Seminarübung gelang es mir vortrefflich, mein vertrauenerweckendes Auftreten aufrechtzuerhalten, aber ich blickte hin und wieder verstohlen auf das elektrische Klavier, dessen schicksalhaftes Aussehen mich faszinierte. Das entging natürlich nicht Sir Angus, der nun das erste Anzeichen eines Wohlwollens zu erkennen gab, ein mattes Lächeln, und im Anschluß daran sagte:

«Meine Frau wird uns sicher etwas vorspielen, wenn Sie möchten. Agatha, meine Liebe...»

Agatha ließ sich natürlich nicht lange bitten, sondern saß nach wenigen Minuten an der Musikmaschine, nachdem der Apparat mit verschiedenen Rollen bestückt worden war und durch einige Handgriffe spielfertig zu sein schien. Die folgende Stunde stellte, als Prüfung gesehen, sehr viel höhere Anforderungen an mich als die vorhergehende. Denn das automatische Klavier war entweder in dieser absolut unmusikalischen Umgebung total verrückt geworden oder durch mechanische Abnutzung völlig untauglich. Als es endlich seinen letzten rasselnden Ton von sich gegeben hatte, stand ich mit weichen Knien auf.

«Well, you did like it, didn't you?» flüsterte Sir Angus.

«The most spectacular thing I've ever heard», entgegnete ich ernsthaft und drückte seine Hand.

Mrs. ffolliott kam selbst mit hinaus bis an die Treppe und gab mir die Gelegenheit, folgendes zu äußern:

«Ich würde gern etwas für Sir Angus tun, etwas, was ihm wirklich eine Freude bereitet. Er war so entzückend und freundlich zu mir.»

Nach einigen Minuten, die ich dazu verwandte, bewundernde Blicke auf die absterbende Buchsbaumplantage zu werfen, flüsterte sie geheimnisvoll:

«Mein Mann hat schon immer eine Reise zur Isla Redonda unternehmen wollen... Aber die Boote hier sind nicht sicher... Sie wissen ja, es ist nicht so wie in England... Und natürlich auch nicht so wie in Ihrem Heimatland... Mein Mann sagt immer, ein Boot muß in Sunderland oder Cardiff gebaut sein und einen Motor aus Schweden haben... Die Boote hier sind nicht sicher...»

Isla Redonda ist ein felsiges Eiland an der Nordostspitze von Menorca, ganz dicht unter Land. Mangels anderer hervorragender Eigenschaften maßt sie sich ebenso wie Ibiza, Formentera, Cabrera, Conejera und Tago-Mago die Ehre an, Hannibals Geburtsort zu sein. Um diese mit Recht vergessene Enklave kreisten meine Gedanken, als das eisenbeschlagene Eichentor krachend hinter mir ins Schloß fiel. Insgesamt war ich zufrieden, mein taktischer Scharfsinn hatte mir einen bescheidenen, aber vielversprechenden Anfangserfolg verschafft. Eine Woche später sandte ich einen ausführlichen Bericht an Antonio, forderte ein die Maschine betreffend vertrauenerweckendes Boot, ein Limerick-Lexikon und einen erhöhten Repräsentationsetat an.

Innerhalb von nur vierundzwanzig Stunden gelang es Antonio, ein Boot und ein stenziliertes Gedicht von Shelley aufzutreiben. Er schrieb daraufhin einen Brief mit genauen Einzelheiten, teilte mir mit, daß ein schwedischer Bootsmotor eingebaut werden sollte, und erbat für die Unterlagen des Architekten eine Planzeichnung und Fotos der ffolliottschen Halbinsel. Er steckte den Brief, das Gedicht und einen Scheck über fünftausend Peseten in einen Umschlag, sicherte ihn mit einem Siegel und vertraute ihn am Morgen des 27. Januar persönlich der Post an.

Der Winter brachte die angenehmsten Seiten von Fornells zum Vorschein. Wegen des schlechten Wetters liefen die Boote nicht aus, und die Fischer reparierten ihre Netze. Sie saßen in der Sonne auf dem Kai, hielten die Netzbahnen mit einem großen Zeh fest und ließen die Maschen langsam durch ihre Finger laufen. Ende Januar war diese Arbeit längst abgeschlossen, wurde aber aus lauter Gewohnheit weitere drei Monate lang fortgesetzt. Ich saß bei so manchem Glas und betrachtete die Arbeitenden. Einige Tische weiter saß häufig der Stipendiat. Manchmal saß er auch in einem anderen Café. Manchmal saßen wir am gleichen Tisch. Manchmal unterhielten wir uns. Aber wir waren jetzt ja alte Freunde und hatten uns selten etwas zu sagen. Mitte Februar überlegte ich, ob ich Sir Angus aufsuchen sollte, fühlte mich aber nicht in Form und verschob den Besuch auf den nächsten Monat. Im März las ich ein Buch von Ortega y Gasset und hatte keine Zeit. Aber im April besuchte ich Sir Angus, und diese Visite verlief genauso wie beim erstenmal. Er schien positiv gestimmt zu sein, und ich war von meinem Erfolg überzeugt. Es begann jetzt ziemlich heiß zu werden, und man mußte den Korbstuhl mehrmals am Tag hin und her schieben, um in dem angenehmsten Teil des Schattens zu bleiben, nämlich dem, der der Sonne am nächsten war. Das war ermüdend, und ich fühlte mich fleißiger als der Zeiger einer Sonnenuhr.

Am dritten Mai erhielt Antonio seinen Brief zurück, denn die Adresse war verwischt und unleserlich geworden. Der Umschlag hatte drei Poststempel, einen aus Madrid, einen aus Irún oben an der französischen Grenze und einen aus Las Palmas auf den Kanarischen Inseln, er war von der Zivilgarde in Madrid und von den Zollbehörden in Jerez de la Frontera amtlich geöffnet und wieder zugekleistert worden und trug darüber hinaus Spuren von der Zensurtätigkeit mehrerer privater Interessenten. Die Briefmarken waren von einem philatelistisch interessierten ausländischen Beamten, als die Sendung zwischen den Grenzen hin und her ging, mit einem Schwamm abgelöst worden. Shelleys Gedicht war durch eine abgestempelte Quittung über ein «stenziliertes Flugblatt, beschlagnahmt und einer bestimmten Behörde zur näheren Untersuchung zugesandt», ersetzt worden. Der Scheck war natürlich auch verschwunden.

Am Tag darauf fuhr Antonio nach Palma, suchte einen hohen Beamten auf, legte ihm den Brief hin und trug den Fall vor, nicht, ohne sich bitter zu beklagen. Er schloß mit folgenden Worten:

«Natürlich war es falsch, diesen Brief aus der Hand zu geben – nämlich an die Post. Ich hätte selbst hingehen oder ihn mit einer Schildkröte schicken sollen, die hätte ihn jedenfalls wenigstens nicht lesen können. Ich hätte ihn auch mit einem Kamelreiter befördern lassen können.»

Der hohe Beamte betrachtete geistesabwesend den Brief und bot ihm Zigarren an. Er erhob sich und blieb eine Weile stehen, sozusagen in Gedanken versunken. Dann antwortete er:

«Ein Brief ist unantastbar. Ein Brief, das ist ein kleiner Gruß, der von Mensch zu Mensch eilt, von einer Stadt zur anderen; von einer Küste zur anderen. Eine Verbindung zwischen Freunden, die weit voneinander entfernt wohnen, eine Verbindung zwischen Ländern und Völkern. Jede einzelne dieser kleinen Botschaften ist unantastbar und heilig. Der Staat sieht es als seine zwingende Pflicht an, sie zu schützen und an ihr Ziel zu bringen – er verpfändet seine Ehre, ihnen eine sichere Reise durch die Schneestürme der Berge und über die aufgewühlten Wogen des Meeres zu garantieren. Der Karabinieri und der Postbedienstete gehen Hand in Hand, ebenso wie ein

Führer und sein Volk. Kein Opfer ist zu groß, keine Mühe zu schwer...»

Er machte eine kleine Kunstpause, ergriff den Brief mit einer weitausholenden Geste und fuhr fort:

«Sehen Sie sich diesen Brief an, Amigo! Ein liebenswerter, rührender Brief – verschmutzt und abgegriffen. Die Adresse – unleserlich. Der Umschlag dreckig und zerfetzt. Nicht mal das Porto ist bezahlt. Und trotzdem, ich wiederhole, trotzdem, hat er Sie erreicht. Ist das nicht der beste Beweis für das, was ich gesagt habe, der Beweis für den Opferwillen und die Hingabe unserer Beamten an ihre Arbeit? Sie können davon überzeugt sein, daß es in keinem anderen Land einen so vollkommenen Service gibt.»

Er machte wieder eine kleine Pause, setzte sich hinter seinen Schreibtisch und erklärte:

«Jedermann, der so vermessen ist, die Arbeit der staatlichen Post in unserem Lande in schlechten Ruf zu bringen – zu solchen Subjekten gehören natürlich nicht Sie, Amigo, Sie sind ein großer Bauunternehmer und wissen ein gutes Verhältnis zu den Behörden zu schätzen –, jeder dieser schamlosen Menschen verdächtigt auch...»

Und er beendete seinen Vortrag mit einem leichten Kopfnicken zur Wand hinüber, dort blickten Caudillo und Jose Antonio Primo de Rivera von fliegenverdreckten Lithographien in den Raum.

«Hombre!» rief Antonio, im höchsten Grad imponiert.

Denn er war ein guter Sportsmann, und auch wenn seine persönliche Taktik eher an die eines Nashorns erinnerte, so vermochte er doch einem guten Taktiker volle Anerkennung zu zollen. Er betrachtete den Caudillo einen Moment, drückte danach dem hohen Beamten die Hand, steckte seine Zigarre an und verließ den Raum. Am gleichen Nachmittag flog er nach Mahon.

Als ein Taxi aus der Hauptstadt ihn am Kai in Fornells absetzte, befand ich mich gerade mitten in einer Partie Dame mit dem Stipendiaten. Wir spielten diese Übungsrunden weder auf einem Brett noch mit Spielfiguren, sondern ausschließlich mit Hilfe der Gläser, die auf dem Tisch herumstanden. Das war eine ungewöhnliche Art zu spielen, denn wir hielten uns an keine kleinlichen Regeln und vermieden dadurch laute Diskussionen oder Streitereien. Der Stipendiat, der sich lange über den Spielstand Gedanken gemacht hatte, leerte nachdenklich seinen Anis, lächelte arglistig und rückte dann langsam mit seinem Glas vor, erst diagonal über den Tisch, danach die Kanten entlang, um damit zu dokumentieren, daß er sämtliche Gegenstände in Reichweite erobert hatte.

«Verdammt gut gespielt», strahlte er stolz über seinen Sieg.

Antonio war aus dem Auto gestiegen und kam vornübergebeugt und strotzend vor Energie auf uns zu, während das Spiel noch im Gange war.

«Was ist denn das hier?» fragte er mit einer gewissen Verwunderung in der Stimme.

«Ein skandinavisches Kombinationsspiel, eine Art Schach», erklärte ich.

«Aha», sagte er.

Wir nahmen uns in die Arme.

«Pfui Teufel, wie eklig», bemerkte der Stipendiat.

Noch in der gleichen Woche führte ich die Hauptpersonen des Dramas zusammen. Das war ein abenteuerliches Unternehmen, das sorgfältige Vorbereitungen erforderte. In einem Eilbotenbrief an Sir Angus bat ich darum, einen vornehmen spanischen Freund bei ihm einführen zu dürfen, der während eines zufälligen Besuches, angefeuert durch meine Beschreibungen, nun von der Sehnsucht, sein schönes Haus sehen zu dürfen, verzehrt wurde. Offensichtlich hatte ich bei dem alten Knaben gute Vorarbeit geleistet, denn eine maßvolle, aber positive Antwort traf nach angemessener Verzögerung ein. Nun galt es, Antonio auf das Niveau meiner Beschreibung zu bringen. Das war gar nicht so schwierig, denn er sprach weder Äthiopisch noch Englisch und mußte sich demzufolge lediglich ein diskretes Auftreten angewöhnen und einen kleinkarierten Blazer, ein geknöpftes Hemd und einen geölten Schnurrbart zulegen. Der Gesamteindruck war auch gar nicht so übel, abgesehen von einem verwegenen Tuch in der Brusttasche, das er mit so überzeugenden Argumenten verteidigte, daß ich schließlich kapitulieren mußte. Obwohl ich mit Nachdruck gegen ein repräsentatives Gastgeschenk von typisch großspuriger spanischer Art plädiert hatte, trat im letzten Augenblick ein Zwischenfall ein, infolgedessen ich ihm mit sanfter Gewalt einen zwölf Kilo schweren Käse und sechs Flaschen Jaime Primero entreißen mußte. Statt dessen wurde ein Apfelsinenzweig mit vier reifen Früchten angeschafft, eine ungewöhnliche und kultivierte Gabe, die große Freude bereiten würde. Nicht ohne Optimismus hoben wir kurz darauf den Klopfer am ffolliottschen Tor.

Während der ausführlichen Vorstellungszeremonie blickte sich Antonio ständig im Raum um, so als ob er auf den Boden spucken wollte, sich das aber noch einen Moment überlegen würde. Dann zog er statt dessen sein riesiges Schnupftuch aus der Tasche und schnaubte sich mit großem Nachdruck und Ernst die Nase. Es entging mir nicht, daß Sir Angus die Prozedur mit einem gewissen Mißtrauen beobachtete. Wir gingen weiter in die Bibliothek und ließen uns in den Ledersesseln nieder. Antonio setzte sich ganz vorn auf die Kante, wandte das Gesicht dem Gastgeber zu und lauschte wie ein aufmerksamer Hund. Sir Angus seufzte einige Male und setzte sich vorsichtig zurecht. Nach einer Weile streckte er mir seinen durchsichtigen Zeigefinger entgegen, wartete, bis der zu zittern aufgehört hatte, und sagte:

«Nach Ihrem letzten Besuch fiel mir ein anderer ein, einer von den besten.»

«Sir Angus erzählt jetzt einen Witz», erklärte ich Antonio.

«Hören Sie zu, mein Freund», begann Sir Angus.

«Algy met a bear
The bear was bulgy
The bulge was Algy.»

Ich setzte ein stilles Lächeln auf, das von einem kultivierten Entzücken zeugte. Sir Angus schwieg, damit ich seine Worte meinem Begleiter übersetzen sollte, aber er hielt die Hand immer noch ganz still, bereit, mit der philologischen Analyse zu beginnen. Ich übersetzte:

«Da war ein Mann, der einen Bären traf, daraufhin fraß der Bär ihn auf.»

Sofort explodierte Antonio, warf sich mit gespreizten Beinen und weit offenem Mund rücklings in den Lehnstuhl, vor Lachen grölend und sich schüttelnd.

Der Zeigefinger vor meiner Nase begann zu zittern und erschlaffte, und lange bevor der Lachanfall endete, war er kraftlos auf die Armlehne zurückgesunken. Dort blieb er liegen.

«Ja, ja, einer der allerbesten», sagte Sir Angus resignierend, während Antonio nach Luft schnappte, einem Seehund nicht unähnlich, der nach allzu langem Tauchen an die Wasseroberfläche kommt.

Zehn Minuten später fiel mir eine plausible Entschuldigung ein, so daß wir uns auf den Weg machen konnten. Durch das Fenster der Bibliothek hörte ich Sir Angus mit kaum unterdrücktem Entsetzen in der Stimme sagen:

«... that man, simply *roaring* with laughter...»

«Du hast ein wenig übertrieben», tadelte ich, als wir außer Hörweite waren, und dann benutzten wir den Rest des Tages dazu, den Begriff *understatement* zu definieren.

Antonio sah nachdenklich aus, aber schließlich sagte er:

«Wir haben noch das Boot.»

Uns blieb noch das Boot.

Es kam aus Palma, gesteuert von dem Motorenhändler, der durch dieses schüchterne Glücksspiel mit seinem eigenen Leben als Einsatz eine zusätzliche Garantie für die Qualität seiner Ware lieferte. Wir betrachteten das Boot zufrieden, denn es war sehr gut, in Klinkerbauweise, breit und stämmig, mit geräumiger Kabine und einem Längsbaum für das Sonnensegel. Der schwedische Motor war ein nagelneuer vierzylindriger Zweitakter, hergestellt von Renault Régie Nationale in Paris. Auf den Zylinderblock hatte der Händler eine gelb-blaue Flagge malen lassen, und auf das Motorgehäuse war ein kleines Blechschild geschraubt mit dem eindrucksvollen Text *Spülung automatisch nach Schließen des Deckels*, das offensichtlich aus der Kapitänstoilette irgendeines schwedischen Schiffes entwendet worden war. Nachdem Antonio ein hübsches Sümmchen für den Motor hingeblättert hatte, der wie die meisten anderen ausländischen Industrieprodukte die Grenze auf alles andere als legale Weise überschritten hatte, begannen wir uns für die große Expedition zur Isla Redonda auszurüsten. Eine Serie von Probefahrten überzeugte uns schnell davon, daß die berühmten Renault-Werke ebensoviel Anerkennung für die Maschinerie verdienten wie der anonyme Schiffsbauer aus Mallorca für den Schiffskörper, und im Hinblick auf den kurzen Reiseweg, die unverändert günstige Wetterlage und die überlegenen Eigenschaften des Fahrzeugs schienen unsere Vorbereitungen lächerlich übertrieben. Aber obwohl wir eine erstklassige Motoryacht für einen Ausflug zur Verfügung hatten, der genausogut in einem ausgehöhlten Baumstamm zu bewältigen war, überließen wir nicht die kleinste Kleinigkeit dem Zufall.

Nach den Probefahrten ergänzten wir den Bordvorrat in einer einheimischen Tienda, wo die Katzen zwischen den Salatblättern schliefen und herrenlose Hunde an den Zuckersäcken leckten, während der Kaufmann aus den langen Reihen bastumwickelter Demijohns vielerlei Getränke ausschenkte.

Zehn Tage vorher sandte ich Sir Angus die Einladung und den Reiseplan, dann strichen wir das Boot in Weiß und Blattgold an und tauften es, nachdem ich Michelins vortreffliche Landkarten von den Britischen Inseln ausführlich studiert hatte, in einer einfachen Zeremonie auf den Namen *Amlwch Rose*. Sie war jetzt so strahlend schön, daß die Touristen am Kai stehenblieben und sie anstarrten, und sogar die indolenten Fischer spuckten geniert in eine andere Richtung, wenn sie daran vorbeischlenderten. Am Abend vor der Abreise überprüften wir sie ein letztes Mal, und nachdem Antonio den Tank mit hochoktanigem Benzin gefüllt hatte, das der Kaufmann ganz unerwartet besorgt hatte, kaufte er drei Kerzen und ging in die Kirche. Ich selbst zog mich zurück, ging ins Hotel und schlief völlig ermattet ein.

Am nächsten Morgen wurden wir um sechs Uhr von einem Fahrer aus Mahon geweckt, der damit beauftragt worden war, die neuesten Wetterberichte zu bringen. Nicht nur Palma und Barcelona, sondern auch Ajacio auf Korsika sagten wie an jedem anderen Sommertag gleichmäßige Temperatur, klaren Himmel und schwache südliche Winde voraus. Um sieben befanden wir uns bereits an Bord und spannten das weiße Sonnensegel. Schlag acht Uhr rollte ein ehrfurchtgebietender Bentley mit offenem Fahrersitz und geschlossener Kabine auf den Kai. Der Gärtner saß mit gequälter Miene am Lenkrad, und hinter den roten Plüschgardinen konnte man Sir Angus' prägnantes Altherrenprofil erahnen. Ich half dem Ehepaar ffolliott aus dem Wagen und wies mit schüchterner Geste auf die *Amlwch Rose*. Sir Angus hatte sich einen Feldstecher und eine Kameratasche umgehängt, leicht gekleidet mit Knickerbockern und einer karierten Sportmütze. Er blickte bewundernd auf das Boot, verzog aber das Gesicht etwas, als er Antonio entdeckte, der ihn elegant angezogen mit ernster Miene achtern erwartete.

«Mein Freund ist ein hervorragender Experte für Motoren», erklärte ich entschuldigend, während ich mit großer Umsicht dem hochherrschaftlichen Paar über die Kaikante half.

Es war meine fixe Idee, daß wir den kleinen Hafen mit Schlepperhilfe verlassen sollten. Ich bildete mir ein, daß das einen besonders feierlichen Eindruck machen würde, und der Gedanke war, alles in allem, gar nicht so abwegig. Wir glitten würdevoll durch die Hafenausfahrt. Nur der heisere Schrei der Möwen und das Tuckern des jämmerlichen Motors in der Jolle, die uns schleppte, störte die Harmonie. Auf offener See warfen wir die Leine hinüber, der Fischer hob die Hand zum Gruß und drehte auf das Land zu. Mit der Miene eines Physik-Nobelpreisträgers, der gerade dabei ist, ein Atomkraftwerk in Betrieb zu setzen, drückte Antonio mit dem Finger auf den Startknopf. Der Motor sprang sofort an. Die *Amlwch Rose* nahm schnell Fahrt über die weiche blaue Wasserfläche auf. Wir umfuhren die äußerste Kante der Klippe, wurden dabei von einem hoch oben postierten Zivilgardisten beobachtet, der auf seinen Karabiner gestützt, diesen ansonsten unbebauten Teil von Caudillos Reich bewachte. Es dauerte nicht lange, dann war er außer Sichtweite. Ich sah zu Sir Angus hinüber, der sich gegen die Reling gelehnt hatte und die milde Seeluft einsog. Zum erstenmal seit dem Beginn unserer Bekanntschaft sah er vollständig zufrieden aus. Nur wenige Minuten später würde ich ihm den entscheidenden Vorschlag machen. Er konnte ihn ganz einfach nicht abschlagen! Alles lag bereit, bevor wir auf der Isla Redonda anlegten, würde der Vertrag ausgehandelt und unterschrieben sein.

«Mein lieber junger Freund...», begann Sir Angus, und wie im Schein eines Magnesiumblitzes wurde mir klar, daß wir hundertprozentig gesiegt hatten und er im Begriff war, uns von sich aus seine Nachbarschaft anzubieten.

Es muß genau in diesem Moment gewesen sein, als der Motor stehenblieb. Sir Angus merkte es als erster von uns allen. Er unterbrach sich und blinzelte unruhig wie ein Seevogel. Die Stille war vollkommen. Ich blickte Antonio an.

«Sag ihm, wir wollen ein wenig die Stille genießen», sagte er und starrte unbeholfen auf das Armaturenbrett.

Ich richtete es aus, und Sir Angus nickte beruhigt. Nach etwa zwei Minuten drückte Antonio auf den Anlasser und hielt seinen Daumen lange auf dem Knopf. Der Anlassermotor surrte, aber das war auch alles.

Es dauerte ungefähr eine dreiviertel Stunde, bevor die Batterie leer war und der Anlassermotor endgültig stehenblieb. Die Strömung zog uns in nördlicher Richtung, und wir waren schon ein ganzes Stück vom Land abgetrieben. Sir Angus' eiskalter Blick war schon vor langer Zeit durch eine versteinerte Miene der Ablehnung verstärkt worden. Seine Frau sah ihn bestürzt an, aber auch sie sagte nichts. Der Motor konnte, theoretisch gesehen, auch mit einer Kurbel und einem Schwungrad gestartet werden. Antonio hob die Verkleidung hoch, setzte die Kurbel an und begann zu drehen.

Zwei Stunden später befanden wir uns auffallend weit vom Land weg.

Antonio war ermattet neben dem Motor zusammengesunken, er fummelte geistesabwesend an der Verteilerdose herum. Über dem Horizont standen die weißen Aufbauten eines großen französischen Fahrgastschiffes, das von Ost nach West langsam vorbeizog.

«Haben Sie ein Funkgerät an Bord?» fragte Sir Angus.

Ich schüttelte mit dem Kopf, und er fragte in dem gleichen kalten Ton, der nichts Gutes verhieß:

«Waren Sie vorausschauend genug, um einen Heliographen oder Leuchtraketen mit an Bord zu nehmen?»

Statt zu antworten, löste ich – mir meiner Pflicht bewußt – Antonio an der Kurbel ab. Das Schwungrad ließ sich bereits nach zehn Umdrehungen nur noch schwer bewegen, vor allem wenn man ungeübt war und den richtigen Dreh nicht raushatte. Es war ein aufreibender Job, aber ich verschaffte mir Abwechslung, indem ich hin und wieder die Zündkerzen herausschraubte oder andere einfache Kontrollen durchführte, die Antonio schon vor längerer Zeit vorgenommen hatte. Wir trieben jetzt gemächlicher dahin, und in der gleißenden Sonne verschwand die flimmernde Strandlinie nur ganz langsam. Gegen drei Uhr nachmittags, als weder Antonio noch ich das Schwungrad auch nur eine halbe Umdrehung bewegen konnten, lief ein Frachtschiff am Horizont vorbei, und ich begriff, daß wir ziemlich weit hinausgedriftet waren. Die Stunden verflossen in einer kaum erträglichen Harmonie. Sir Angus weigerte sich, das Essen, das wir ihm anboten, auch nur anzurühren. Antonio bekam einen Wutanfall und warf verschiedene Dinge ins Meer, vor allem Konservenbüchsen und anderes ohne besonderen Wert. Niemand sagte etwas.

Natürlich gab es zwei Ruder an Bord, aber das Boot war groß und schwer, und im übrigen hatte das Hantieren mit dem Schwungrad unsere Kräfte arg in Mitleidenschaft gezogen.

Die Dämmerung brach mit ihrer ganzen Farbenpracht von Orange bis Violett an, selten jedoch hat sich die Natur in ihrer Schönheit einem weniger aufnahmebereiten Publikum präsentiert. Kurz nachdem sich der letzte Sonnenstrahl verabschiedet hatte, sahen wir die Topplampen eines Fischtrawlers, der auf das Land zusteuerte. Wir riefen und schrien. Bald darauf starrte eine Reihe schnurrbärtiger dunkler Katalanen mit Messingringen in den Ohren und gestrickten Mützen auf die *Amlwch Rose.* Sir Angus, der sich beinahe zwölf Stunden lang nicht gerührt hatte, war in sitzender Stellung versteinert, und es kostete große Mühe, ihn über die verdreckte schmutziggelbe Reling des Trawlers zu heben.

Wir setzten ihn auf eine stinkende Kiste, zwischen silberglitzernde zappelnde Sardinen, und da blieb er, regungslos, in eine Decke gehüllt, wie ein fehlplazierter alter Indianerhäuptling mit sterbendem Blick und Fischschuppen auf der Nase. Ich selbst legte mich achtern auf eine Taurolle und war, als wir das Leuchtfeuer von Cabo Cabalería steuerbords passierten, immer noch damit beschäftigt, unter den funkelnden Sternpyramiden ein Leuchten meines eigenen, ganz speziellen Schicksals zu finden. Auf dem Kai in Fornells wartete das Auto, umgeben von grünen Uniformen. Die freundlichen Katalanen hoben Sir Angus hoch und setzten ihn in den Wagen. Dort saß er nun, wie eine Statue. Es war das letzte Mal, daß ich ihn zu sehen bekam.

Unmittelbar darauf ging ich zu Bett, zusammen mit einer der Flaschen Jaime Primero, die ich zur rechten Zeit gerettet hatte, ehe sie in Sir Angus Besitz übergingen.

Am Tag darauf hatte ich einen fürchterlichen Kater, der die Hitze nicht gerade erträglicher machte. Antonio hatte einen Mechaniker aus Mercadal bestellt, einen mandeläugigen jungen Mann mit rundem Katzengesicht und schmalem, schwarzem Schnurrbart. Als ich zum Hafen hinunter kam, stand der Kerl bereits im Boot und betrachtete den Motor mit überlegenem, fachmännischem Lächeln. Er genoß ein hohes Ansehen und verdiente es auch, denn er war einer dieser spanischen Mechaniker, die ohne Werkstatt und mit den primitivsten Werkzeugen imstande sind, auch schwierigste Reparaturen auszuführen. Antonio saß auf der Kaimauer und beobachtete den Mechaniker. Ich fühlte mich überflüssig und verließ den Platz.

Der Kaffeehausbesitzer wußte zu berichten, daß die Gnadenfrist des Stipendiaten im Auslaufen begriffen war. Am Abend vorher war er so stockbetrunken gewesen, so daß er über dem Tisch zusammengebrochen war. Einige verschreckte deutsche Touristen, die weder sein Stehvermögen noch die Farbe des Rotweins kannten, hatten geglaubt, er hätte einen Schlaganfall bekommen und ihn in die Wachstube der Zivilgarde getragen. Dort hatte der Patient den Cabon, den Polizeichef, von oben bis unten vollgekotzt und das gesamte Wachlokal unbewohnbar gemacht. Schließlich hatte er ein dienstliches Telegramm, das der Cabon noch nicht hatte öffnen können, aufgegessen und war über einem Gewehrgestell hängend eingeschlafen. Der Cabon war *muy furioso*, sagte der Kaffeehausbesitzer und hatte dem Stipendiaten sogleich den Paß abgenommen.

Am nächsten Morgen saß Antonio immer noch auf der Kaimauer und sah dem Mechaniker zu, dessen Samtblick jetzt tiefes künstlerisches Empfinden ausdrückte.

«Interessant», murmelte er abwesend.

Zwei Tage später stand Antonio an dem Motor, während der Mechaniker an Land saß und apathisch mit seinen nackten Füßen im Wasser planschte.

Am Morgen darauf war der junge Künstler gar nicht mehr da. Antonios schweißnasser Rücken verdeckte den Motor. Ich seufzte, zog mir das Hemd aus und ging an Bord. Er blickte nervös auf und sagte:

«Es bleibt uns nichts anderes übrig, als zu akzeptieren, daß wir geschlagen worden sind, aber wir müssen wissen warum.»

«Jaha», stimmte ich zu.

Wir bauten den Motor bis hinunter zur Ölwanne systematisch auseinander. Zwei Tage später lagen alle Einzelteile auf einer Persenning ausgebreitet vor uns. Wir betrachteten sie träge.

«Was machen wir jetzt?» fragte ich.

«Legen alles zusammen in einen Sack und schicken den an die Fabrik zurück», antwortete Antonio.

Wir dachten noch über diesen Entschluß nach, als der Stipendiat herangestolpert kam. Seine Aufenthaltsgenehmigung war offenbar verlängert worden. Er beugte sich herab, wühlte und suchte zwischen den Teilen. Antonio sah ihn irritiert an, sagte aber nichts.

«Wein!» stellte der Stipendiat nach einer Weile fest und streckte seine Faust aus.

Antonio zog widerwillig einen Duro hervor und gab ihn ihm. Mein Landsmann war offenbar noch tiefer gesunken. Daß er zu betteln begonnen hatte, paßte mir gar nicht.

Er blieb stehen und lächelte sein debiles Lächeln.

«Wein», sagte er noch einmal.

«Für einen Duro bekommt er zwei Liter», stellte Antonio mit

aufkommender Wut in der Stimme fest. «Und sag ihm, er soll den Vergaser wieder hinlegen.»

Der Stipendiat blickte ihn mitleidig an und hielt den Kopf schräg.

«Wein», wiederholte er und kletterte steifbeinig wie ein altersschwacher Storch ins Boot.

Er schraubte den Deckel vom Tank ab und zeigte hinein.

«Vino Blanco», sagte er glücklich.

Da kam mir schlagartig ein Gedanke, ich nahm ihm den Vergaser aus der Hand und hob ihn an die Nase. Er roch jedenfalls nicht nach Benzin. Antonio tauchte den Finger in den Behälter und leckte ihn ab. Nach einer langen, gedankenvollen Stille räusperte er sich und stellte fest:

«Ich habe vielleicht die falsche Flasche genommen!»

«Das hast du vielleicht», stimmte ich zu.

Er dachte eine Weile nach, dann strahlte er und rief:

«Hombre! Wir haben einen Explosionsmotor mindestens fünfzehn Minuten lang mit Weißwein laufen lassen.»

Ich hätte ihn darauf hinweisen können, daß die Benzinleitung lang war und daß das Benzin, das sich darin und im Vergaser befunden hatte, eine ganze Weile reichte. Aber warum sollte ich ihm den einzigen glücklichen Augenblick, den er auf Menorca erlebte, verderben?

Der Stipendiat war an Land geklettert und blickte kritisch auf die *Almwch Rose*. Er zeigte auf den Bug und grinste:

«Ihr habt die Vokale vergessen.»

«Das ist gälisch», erklärte ich ihm.

«Dann sage ich: Zum Teufel mit dem Gälischen», antwortete er und ging.

Meine Tage in Fornells waren gezählt. Sobald Sir Angus sich wieder erheben konnte, verkaufte er die Landzunge an eine Baroneß aus Sussex, die dort eine Sommerresidenz in hochenglischem Stil bauen wollte. Als ich nach Hause fuhr, war es immer noch Sommer, und die Marineinfanteristen spielten zwischen den schwarzen Schweinen auf dem Zwischendeck Karten. Der kleine Dampfer pfiff heiser und wandte der mallorquinischen Sierra, die sich über dem Horizont erhob, den Steven zu. Ich stand auf dem Achterdeck und sah das graugelbe Küstenband von Menorca im Dunst verschwinden. Vielleicht dachte ich an die *Almwch Rose*, die ich danach niemals mehr gesehen habe und deren Namen auszusprechen ich nie gelernt habe.

1958

Xantippa

Es gibt Leute, die behaupten, ein Schiff müsse eine Patin haben. Manche waren der Ansicht, daß mit ihr von Anfang an irgendwas nicht in Ordnung war, nämlich bereits von dem Augenblick an, als Williamson seinen Namen unter den Vertrag setzte. Aber hinterher wissen es immer alle besser, aber die Wahrheit ist viel komplizierter, als sich das die Klugscheißer am Kai mit ihrer Pollerphilosophie vorstellen können.

Sie wurde auf einer Werft zu Wasser gelassen, die gewöhnlich mit größeren und viel wichtigeren Dingen beschäftigt war. Eigentlich war es auch gar kein richtiger Stapellauf, sondern nur eine kurze Reise durch die Luft in den Klauen eines enormen Krans, der normalerweise über einem dreißigtausend Tonnen schweren Dock daneben hin und her schwenkte.

Das fand an einem kalten und regnerischen Tag im Spätherbst statt. Eine frische Brise kam draußen von der Nordsee durch den Sund hereingeweht und schmückte die Wellenbrecher mit weißen Spitzkragen aus Schaum, bevor sie an den Abwrackkais der Schrottfirmen vorbeipfiff und den Möwen lange, bequeme Gleitflüge über das Abfalltonnenparadies des Hafenviertels ermöglichte. Es wehte mit anderen Worten ein scharfer Wind, und Kapitän Roth mußte sich vornüberbeugen und den Mützenschirm tiefer in die Stirn ziehen, während der blaue Trenchcoat flatterte und bei jedem der hundertsechsundsechzig Schritte die lange, schmale Pontonbrücke entlang an seinen Beinen klebte. Man hätte sagen können, daß Kapitän Roth ein Mann in seinen besten Jahren war, wenn man davon absah, daß er sich selbst immer schon fit gefühlt hatte. Er war in diesem Jahr zweiundfünfzig geworden, und das Seemannsleben hatte in seinem Gesicht keine Spuren hinterlassen. Es war glatt und ausdruckslos und hätte ohne Zweifel von Frömmigkeit gezeugt, wenn es zu einem Pastor oder einem Kirchensänger gehört hätte. Er zählte die Schritte und wußte, daß er genau im richtigen Moment ankommen würde, auf den Glockenschlag genau, pünktlicher als alle anderen Leute, die ein schlechteres Zeitgefühl als er hatten und bereits eingetroffen waren. Er wußte auch, daß man das als einen kleinen, aber schlagenden Beweis für seine Ruhe, seinen Scharfblick und sein überlegenes Urteilsvermögen werten würde. Um die kleine Holzplattform herum, die man eigens herangeschafft hatte, stand bereits die Firmenleitung gegen den Wind zurückgelehnt, die Hutränder krampfhaft festhaltend, während die unentbehrlichen Werftarbeiter schon lange vorher erschienen waren. Kapitän Roth begrüßte die Firmenleitung insgesamt und schüttelte Williamson, dem Geschäftsführer, die Hand. Die Zuverlässigkeit höchstselbst, dachten die leitenden Herren einhellig und blickten ihn mit respektvollem Neid an. Das war ein Mann. Williamsons Buchhalter fummelte in seinem Mantel herum und überreichte die Champagnerflasche und einen Zettel, auf dem der Name in maschinengeschriebenen Großbuchstaben stand. Kapitän Roth faltete zerstreut den Zettel mit dem Daumen und dem Zeigefinger der linken Hand zusammen, während er auf den geschickt hergerichteten Verschluß der Flasche blickte und wehmütig an die Mischung aus Wasser und flüssigem Waschmittel dachte, die sich jetzt zweifellos hinter dem anspruchsvollen Etikett verbarg. Aber es war ihm nicht das kleinste Anzeichen seiner Gefühle anzusehen, als er auf das Podium stieg, dessen Planken unter dem Gewicht seines vollen Ernstes und seiner Verantwortung knarrten. Die Stunde war da! Die Arbeiter spuckten: der Kranführer seine Kippe und die Kumpels unten in die Hände, zufrieden, daß sie endlich etwas zu tun bekamen. Die Geschäftsleitung versuchte, sich aufzurichten, und stemmte gegen den Wind. Der Kran zog mit einem müden Seufzen an seiner Last, Kapitän Roth ließ seine eisenharte Stimme ertönen, diese Stimme, die von jeher vom Bug bis zum Heck deutlich zu hören gewesen war, die sogar lauter gewesen war als Orkane und die dreißig Jahre lang der Salzgischt getrotzt hatte. Er hob die

Flasche, die gegen den Bug flog und mit einem müden Schmacken in der Mitte durchbrach. Der Schaum rann in perlmuttschimmernden Blasen am Steven herunter.

«...ist es mir eine Freude, diese ehrenvolle Pflicht zu erfüllen», donnerte die Stimme, «und so taufe ich dich auf den Namen...»

Seine Augen schielten auf den Zettel.

«... auf den Namen A... A... Aaaa.»

Es war so, als ob die Brise für einen Moment abflaute.

«... auf den Namen A... neunundneunzig...»

Kapitän Roth brach ab und räusperte sich leicht, aber in seinem Gesicht verzog sich kein Muskel.

«Taufe ich dich auf den...»

Eine ganz leichte Röte färbte seine Nase, aber das lag vielleicht an den kleinen Rost- und Mennigeteilchen, die durch die Luft gewirbelt wurden.

«... A neunundneunzig IT...»

Kapitän Roth brach noch einmal ab, dann dachte er an seine Gelassenheit und das Torpedo, das ihn damals 1942 in der Karibischen See getroffen hatte, und es brach aus ihm heraus:

«... auf den Namen A 99 ITNAX.»

Die Herren der Geschäftsleitung starrten gleichzeitig, etwas verunsichert und mit offensichtlicher Verblüffung auf ihre Zettel. Der Buchhalter bewegte sich unruhig hin und her, wahrscheinlich fiel ihm seine schlechte Angewohnheit ein, hin und wieder das Kohlepapier falsch herum in die Walze der Schreibmaschine einzuspannen.

«Drehen Sie den Zettel um», flüsterte er heiser.

Kapitän Roth drehte vor und zurück, rauf und runter, bis der Buchhalter seine kalte, zitternde Hand ausstreckte und den Zettel ganz umdrehte. Kapitän Roth starrte das Papier lange an, bis die Röte in seine Nase stieg und sein Gesicht immer bleicher wurde. Er sprach den Namen mehrere Male leise vor sich hin:

«Xantippa, Xantippa, Xantippa...»

Dann hob er den Kopf, blickte den betreffenden Gegenstand an und sagte mit einer Erregung in der Stimme, die niemand, am wenigsten er selbst, aus dieser Richtung erwartete hatte:

«Du kleine, ekelhafte Hafennutte!»

«Taufe ich dich auf den Namen *Xantippa*, sollen Sie sagen, Kapitän», krächzte Williamson plötzlich ungeduldig mit einer Stimme, die schon vor vielen Jahren vor Geiz und unterdrückten Flüchen gebrochen war.

Kapitän Roth hätte wissen müssen, daß er sich eines unverzeihlichen Vergehens schuldig gemacht hatte. Viele Schiffe – und eine ganze Reihe anderen Weibervolks auch – hätten diese Worte vielleicht als eine derbe Liebeserklärung aufgefaßt, aber kaum in einem solchen feierlichen Augenblick oder wenn sie in einem solchen Ton vorgetragen wurde. Und die *Xantippa* schon gar nicht. So was sagt man einfach nicht zu einem fünfundvierzig Tonnen schweren perlgrauen Schlepper mit weißgestrichenen Aufbauten und drei versilberten Sternen auf einem blauen Schornstein mit schwarzem Rand. Sie war jetzt hineingeplumpst und schaukelte kokett, während sie versuchte, sich in dem schmutzigen Wasser des Hafenbassins zu spiegeln. Sie haßte diesen Kerl mit Mütze und Trenchcoat. Er war ein Grobian, der ihr einen unbegreiflichen Namen gegeben, sie mit Schimpfworten beleidigt und eine Flasche mit einer Seifenlösung an ihren eleganten Steven geworfen hatte. Er hatte ihr den schönsten Augenblick in ihrem Leben verdorben.

Die Geschäftsführung hüllte sich in verlegenes Schweigen, als sie Kapitän Roth die Pontonbrücke entlang begleitete. Ihm gelang es, äußerlich Ruhe zu bewahren, obwohl in ihm ein Kohlenfeuer schwelte. Während seiner gesamten beruflichen Laufbahn war er niemals Opfer einer Schikane gewesen. Ihm war nie ein nachweisbarer Fehler unterlaufen. Seine Mutter hatte ihn bereits in der Wiege mit Ehrfurcht betrachtet. Seine Ruhe und Ausgeglichenheit waren untadelig. Er hatte Drei- und Viertausendtonner mit anerkannter Besonnenheit geführt und war als Steuermann auf noch größeren Schiffen gefahren. Und nun war ihm so etwas widerfahren – bei einem Schlepper. Er verfluchte den Augenblick, in dem er sich um diesen Posten beworben hatte, und seine Schwäche, die ihn zu seiner kraftlosen alten Mutter, einem Haufen Neffen und Nichten gezogen hatte, und den Moment, in dem er der Verlockung nach einem bequemen Job als Schlepperkapitän nachgegeben hatte. Er schimpfte innerlich auf den raffgierigen Williamson und dessen stupide Idee, daß «der Kapitän sein Schiff selbst taufen soll und dadurch vom ersten Augenblick an mit ihm zusammengeschweißt ist».

Der Gedanke an das stechende und boshafte Funkeln unter Williamsons borstigen Augenbrauen, als er am Ende des Kais abrupt stehenblieb und «Tausend Dank, Kapitän!» hervorstieß, würde Kapitän Roth noch viele Wochen verfolgen. Aber schließlich würde er das und auch eine ganze Reihe anderer Dinge schon überstehen.

An einem Sonntagnachmittag, als er in der Wohnung eines seiner Brüder saß und zum Grog die *Nautische Zeitschrift* las, enterte eine Schar Kinder seinen Sessel, und sie schrien ihm in die Ohren:

«Onkel, kannst du fünfmal hintereinander ‹astloser Staubwedelstiel› sagen? Aber schnell muß das gehen.»

«Natürlich kann ich das», antwortete Kapitän Roth freundlich, und dann sagte er ‹astloser Staubwedelstiel› siebenmal hintereinander mit so klarer Aussprache, daß jeder Konsonant zu hören war. Da haben wir es, dachte er, als die Neffen und Nichten sich davongemacht hatten, um das Hausmädchen zu testen. Da haben wir es, ich war der einzige, der die Rückseite dieses verdammten Zettels tatsächlich lesen konnte. Seine einzige Schwäche war also seine Stärke. Er freute sich beinahe über diese Klarstellung.

Wider Erwarten nahm die Fertigstellung der *Xantippa* viel Zeit in Anspruch, es gab eine Reihe von Problemen mit der Maschine, und die Werft hatte zuwenig Personal, aber an einem sonnenglitzernden Tag im März war sie schließlich fertig. Sie lag zwischen den anderen Schleppern am Holzkai hinter dem Zollhaus und sah in dem hellen Sonnenlicht appetitlich wie ein Kuchenstück aus. Der sternengeschmückte Schornstein stieß hübsche kleine Rauchwolken in die klare Luft. Kapitän Roth mußte zugeben, daß sie eine kleine Schönheit war, und ein Gefühl des Wohlbehagens durchströmte ihn, als er an dem Messinghandlauf entlang zum Steuerhaus hinaufenterte, um sie in seine starke Hand zu nehmen. Aber auf dem Metall befanden sich kleine Eistropfen, und als Kapitän Roth seinen Fuß auf die oberste Stufe setzte, fuhr eine sonderbare Bewegung durch *Xantippa*. Es war keine Krängung, sondern eher ein leichtes zitterndes Wiegen, beinahe ein sensueller Rhythmus, und das kam völlig unerwartet. Kein schwimmender Gegenstand in der Seefahrtsgeschichte hatte sich jemals so bewegt, und Kapitän Roth wurde davon so überrumpelt, daß er den Halt verlor. Er stürzte ziemlich Hals über Kopf hinunter auf das Deck und blieb dort in einer recht unnatürlichen Stellung liegen. Ausgerechnet er, der in den Taifunen der Chinesischen See und in der Dünung der Adria aufrecht gestanden hatte. Und da hörte er zum erstenmal, wie die *Xantippa* lachte. Ein leichtes, langgezogenes Lachen, beherrscht glucksend, wie die Blasen in einem Champagnerglas, eher spöttisch und ebensowenig faßbar wie das Kräuseln einer leichten Brise auf der Wasseroberfläche. Es verstummte erst in dem Augenblick, als Svenningsen, der Matrose, schwerfällig auf Deck erschien, um nachzusehen, was denn los sei.

«Ich habe mir das linke Bein gebrochen», erklärte Kapitän Roth so ruhig und sachlich wie nur möglich.

«Habense nicht», widersprach Svenningsen und befingerte das falsche Bein mit ungeschickter Hand.

Svenningsen war Däne und konnte rechts und links nicht unterscheiden. Er liebte den Kautabak der Marke *Picanell*, verabscheute hingegen fast alles andere, insbesondere das vakuumgetrocknete Firmenessen der Reederei, den Staat, der ihn ständig betrog, und denjenigen, der rechts und links erfunden hatte.

Kapitän Roth war nach zehn Tagen wieder an Bord, eingegipst und geschient. Aber das Lachen plagte ihn immer noch, und er würde es noch mehrfach zu hören bekommen, obwohl die *Xantippa* es sich für Stunden höchsten Triumphs aufsparte.

Es gelang ihr zwar nie wieder, Kapitän Roths physische Balance zu beeinträchtigen, aber sie fuhr mit ihrem eigentümlichen Hüftwedeln fort, wobei Roth beim Navigieren und nicht zuletzt Svenningsen, der den Spirituskocher in der Pentry bediente, erhebliche Probleme hatten. Es dauerte nicht lange, bis jedermann, der die Seele eines Schleppers verstehen konnte, entdeckt hatte, daß die

Xantippa ihre Arbeit haßte. Einige wenige Male konnte sie sich allerdings von ihrer besten Seite zeigen, aber nur dann, wenn sie als Spitzenboot für irgendein amerikanisches Schiff eingesetzt war und aufgeplustert wie ein Fasanenhahn vor dem Menschengewimmel auf dem Kai vorbeitanzte. Sonst aber war sie träge und ließ jegliche Initiative vermissen. Sie verabscheute die Kohlenleichter und die stinkenden Trampdampfer, die in die Docks hineinbugsiert oder hinaus ins offene Wasser gezogen werden sollten. Sie verachtete die anderen Schlepper mit ihrem schmutzigbraunen Freibord und ihrer nie müde werdenden Bulldoggen-Energie. Meistens schleppte sie sich faul und gleichgültig unter dem Achterschiff eines schwerfälligen Lastschiffs dahin, tief in Gedanken versunken, an Badereisen und Mondscheinfahrten mit einem Grammophon auf dem Vordeck.

Ein Jahr nachdem Kapitän Roth sein Bein gebrochen hatte, bekam die *Xantippa* eine einmalige Gelegenheit, sich von ihrer besten Seite zu zeigen. Williamson war auf einem Reeder-Kongreß in Glasgow gewesen und kam mit einer Passagierlinie nach Hause, die ihm eine Gratis-Passage spendiert hatte. Das Schiff, das neu, elegant und groß war, sollte direkt ins Dock gebracht werden, und Williamson stand auf der Brücke zusammen mit dem Kapitän, der früher einmal für ihn gefahren war und sich verpflichtet fühlte, dem Mann eine gewisse Aufmerksamkeit entgegenzubringen, dessen vakuumgetrocknete Kartoffeln ihn trotz allem zehn Jahre lang am Leben gehalten hatten. Das Eindocken war eine knifflige Angelegenheit, und sechs Schlepper der Reederei sollten dabei assistieren.

«Da kommt meine Schlepperflotte», krächzte Williamson und zeigte auf eine Flottille von Booten, die unter einer gigantischen Rauchwolke herangerauscht kamen.

«Ach wirklich, da kommt sie», bestätigte der Kapitän höflich.

Das Ganze sah zweifellos recht imponierend aus. Die *Xantippa*, deren Maschine bei solchen glanzvollen Gelegenheiten ungeahnte Kräfte zu entwickeln vermochte, hatte die Spitze übernommen, und hinter ihr kamen all die anderen: *Activ*, *Strong*, *Bull*, *Judith S.*

Williamson (benannt nach der Frau des Eigentümers) und *Julius C. Olson* (benannt nach dem Gründer der Firma) schmutzig braun und vibrierend vor Kraft hinter mächtigen Bugwellen. Zwei von ihnen sollten das Schiff achteraus auf Kurs halten, und an jeder Seite sollten zwei Schlepper den großen Rumpf stützen, während das Schiff vorsichtig in das große Dock einlief. Williamson lehnte sich über die Reling der Brücke. Unter sich sah er die *Xantippa*. Von ihr wurde erwartet, daß sie jetzt ihre gepolsterte Nase an die Schiffswand drückte. Aber sie dachte überhaupt nicht daran, sondern glitt in der Sturzwelle mit einem koketten Schaukeln vorbei. Williamsons Ohren begannen sich zu röten. Dort unten begriff Kapitän Roth, daß er die *Xantippa* nun scharf herannehmen mußte, um sie dazu zu bringen, sich normal zu verhalten. Der Schlepper neben ihr drückte bereits mit aller Kraft. Kapitän Roth ließ sich nicht aus der Ruhe bringen, er wußte, wie man mit ihr umgehen mußte. Aber in diesem perfekt gewählten Moment gelang es der *Xantippa*, die Schlinge eines Drahtseils in ihre Schraube zu verwickeln. Sie glitt ganz auf die Seite und schaukelte gleichgültig in dem leichten Wellengang.

«Da, die *Judith*! Sehen Sie mal die *Judith*!» krächzte Williamson mit brüchiger Stimme.

Aber seine Blicke halfen der *Judith S. Williamson* auch nicht mehr. Sie tat ihr Bestes. Plattbrüstig, fett und pustend – ein perfektes Abbild ihrer Taufpatin –, preßte sie ihren breiten, häßlichen Steven gegen den Luxusdampfer. Aber das reichte nicht aus, die beiden ahnungslosen Schiffe an den Steuerbordbillen waren ihr weit überlegen. Langsam und stöhnend wurde sie rückwärts geschoben, und das große Schiff krachte gnadenlos gegen das Docktor in einer Kaskade von Flüchen und weißen Farbsplittern. Der Kapitän schimpfte und fluchte auf das fürchterlichste. Williamson hing wie ein Klappmesser über die Brückenreling und schüttelte seine geballte Faust zur *Xantippa* hinüber.

«Sie sind ein Stümper», schrie er heiser und unartikuliert, «ein Taugenichts und ein Gottesleugner (Williamson war Methodist). Sie sind ein Taugenichts, Kapitän Roth, und ein Schwindler! Es würde mich nicht wundern, wenn Ihre Papiere gefälscht sind. Sie sind ein...»

Ihm fehlten die Worte. Er war bis weit auf die Glatze hinauf blaurot angelaufen, und der Kapitän, der selbst einen Moment schwieg, um Atem zu holen, starrte ihn fasziniert an.

«Er stirbt», wandte er sich hoffnungsvoll an den Schiffsarzt, der heraufgekommen war, um die Lage zu peilen.

«He'll get in a fit in a minute», bemerkte der Arzt lakonisch.

Er war Engländer.

«Wir sollten etwas unternehmen», schlug der Kapitän vor.

«What this man needs is a cheap, strong cigar», stellte der Arzt fest und blickte mit kühlem, akademischem Interesse auf Williamson, der auf die Knie gesunken war, um zu beten.

Aber Kapitän Roth stand wie eine Statue auf dem Achterdeck der *Xantippa* und lauschte auf ihr nicht enden wollendes, glucksendes Lachen, das sie vom Steven bis ganz hinten zu der umwickelten Schraube erzittern ließ, ein Freudenrausch ohnegleichen, getragen von unsagbarer Befriedigung und einem maßlosen Triumph. Endlich gelang es Svenningsen, das Drahtseil zu lösen, und Kapitän Roth ging mit festen Schritten hinauf auf die Brücke. Er legte seine großen Hände auf das Steuer. Und wenn die *Xantippa* nicht so von ihrer eigenen Tüchtigkeit und Überlegenheit überzeugt und durch ihren Stolz geblendet gewesen wäre, hätte sie in diesem Augenblick merken müssen, daß er plante, sie zu ermorden.

Es dauerte drei lange Monate, bevor Kapitän Roth seine Chance bekam. Aber er hatte sich auch gründlich vorbereitet, hatte viele lange Abende damit verbracht, Schlingerberechnungen und Belastungstabellen zu studieren, und hatte tagsüber ausführlich Svenningsens Psyche beobachtet.

Denn er hatte sich vorgenommen, das perfekte Verbrechen zu begehen.

Es war Frühling geworden, das Wetter war schön, und er fühlte, daß die entscheidende Stunde nahegerückt war. Die *Xantippa* bewegte sich langsam durch das äußere Hafenbecken voran, durch dicke Trossen mit dem Achterschiff eines griechischen Trampdampfers verbunden, einer fürchterlich alten Arche, deren Ladung aus Phosphor bestand, der ständig aus zahllosen undichten Fugen ausströmte. Vom verrosteten Achterdeck aus begafften grinsende und unglaublich schmutzige Heizer und Kohlentrimmer in einer bizarren Reihe von Gesichtern die *Xantippa*. Sie war vor Langeweile und der vergifteten Luft halb bewußtlos. Kapitän Roth stand auf der Brücke und Svenningsen am Ruder. Kapitän Roth rief den Maschinisten herauf. Die Sonne brannte ungewöhnlich heiß für einen solchen Frühsommertag. Die *Xantippa* begann, sich ganz leicht zu sträuben; sie glitt zu weit auf die eine Seite, schwankte und wich nach Steuerbord aus. Die Trosse begann schlaff zu werden.

«Sie läuft aus dem Ruder», stellte der Maschinist fest.

Kapitän Roth schwieg, blickte aber zu dem halb schlafenden Svenningsen. Die *Xantippa* lief weiter auf ihrem lässigen Kurs. Die Trosse war nun ganz schlaff. Die Griechen begannen zu schnattern. Der richtige Augenblick war gekommen.

«Hart Backbord!» brüllte Kapitän Roth urplötzlich.

Svenningsen fuhr zusammen, wie von einem Skorpion gestochen, er war Zeichensprache gewohnt und drehte das Ruder wild nach Steuerbord. Die *Xantippa* bekam gar nicht mit, was in diesem Augenblick mit ihr geschah. Die Trosse spannte sich über ihren hohen Aufbauten und zog sie in weniger als einer Minute hinunter. Erst als die ganze Backbordreling unter Wasser lag, wurde ihr klar, daß sie sank. Da hatte Kapitän Roth mit seiner Donnerstimme bereits «Springen!» gerufen und sich selbst durch einen weiten Sprung hinein in das nasse Element begeben. Fünfzehn Sekunden später war die *Xantippa* verschwunden, und nur einige große schwarze Luftblasen markierten den Platz, an dem sie gekentert war. Die Griechen begannen unter hysterischem Geschrei ein Rettungsboot zu Wasser zu lassen. Kapitän Roth hatte Svenningsens Kopf mit einem furchterregenden Rettungsmanöver umklammert und schwamm bereits mit kräftigen Beinstößen auf das Land zu.

«Laß mich los, sonst ertrinke ich», schrie Svenningsen, der auf Anholt geboren worden war und wirklich gut schwimmen konnte, aber Kapitän Roth drückte seinen Kopf unter die Wasseroberfläche und schwamm weiter auf den Amerikakai zu.

Er schlug die Griechen um drei Bootslängen, kletterte an Land und schüttelte das Wasser aus seinem Besatzungsmitglied. Dann setzte er sich auf einen Poller und wartete ruhig und gelassen auf die Polizei, die Feuerwehr und den Krankenwagen. Er hatte erreicht, was er wollte.

Aber sein Plan ging nicht in Erfüllung. Er hatte die Temperatur des Wassers und seine eigene Widerstandskraft gegen nasse Kleidung unterschätzt. Am Tag danach bekam er eine Lungenentzündung und mußte ins Krankenhaus gebracht werden. Noch in der gleichen Woche begann man mit der Bergung der *Xantippa*, denn sie lag mitten in der Fahrrinne und mußte unter allen Umständen aus dem Weg geräumt werden, wenn auch Williamson persönlich das Geld der Versicherung einem Wiedersehen mit seinem Schlepper vorgezogen hätte. Zwischen zwei Pontons kam sie an die Wasseroberfläche, schlammverdreckt und elend, und die beiden stets zuverlässigen und emsig fauchenden *Bull* und *Strong* zogen das Schiff, das so leblos war wie ein durch und durch nasser alter Baumstamm, hinüber an den Kai der Werft. Svenningsen war als erster Mann an Bord und kicherte vergnügt, als er in dem verschlammten Ruderhaus drei Aale fing. Dann kam Williamson.

«Sind Sie das, der Steuerbord nicht von Backbord unterscheiden kann?» fragte er inquisitorisch.

«Ja, da habense recht», antwortete Svenningsen und sah aus, als ob er auf der Stelle eine Gratifikation erwartete.

«Sie sind entlassen», sagte Williamson.

Svenningsen nahm seine Aale und wollte schon gehen, aber Williamson hielt ihn fest.

«Geben Sie den Fisch her, alles, was sich an Bord befindet, ist Eigentum der Reederei.»

Svenningsen machte sich auf den Weg, alles war ihm genommen außer seiner nihilistischen Lebenseinstellung.

John G. Williamson war ein praktischer Mensch. Er wußte, daß es mit der seelischen Stabilität der *Xantippa* nicht zum besten gestanden hatte, daß sie launenhaft bis an die Grenze des Zumutbaren gewesen war und ein geringes Auftriebsmoment gehabt hatte. Da sie nun sowieso ins Dock mußte, nahm er die Gelegenheit wahr und ließ einiges an ihr umbauen. Die Chirurgen auf der Werft führten die Operation schnell und sicher durch. Aber der Eingriff war so grundlegend, daß er nicht nur eine radikale Änderung der Stabilität des Schiffes zur Folge hatte, sondern auch einen wesentlichen Wandel ihres innersten Wesens. Und in dieser Hinsicht brachte auch Williamson sein Schäfchen ins trockene.

Von all dem erfuhr Kapitän Roth sehr wenig, während er in seinem Liegestuhl in der Loggia des Krankenhauses saß und abwesend in *Lloyds Shipping Index* blätterte. Drei Wochen waren vergangen, und er war beinahe wiederhergestellt, aber er schlief nachts sehr schlecht. Es war jedoch nicht die Krankheit, die ihn wach hielt, sondern sein schlechtes Gewissen. Er bereute sein Vorgehen *Xantippa* gegenüber auf das bitterste. Hatte sie nicht von Anfang an Grund genug gehabt, ihn nicht zu mögen? Hatte er ihr denn jemals auch nur ein ganz klein wenig Zärtlichkeit oder Verständnis entgegengebracht? War sie nicht immer sehr fügsam gewesen bis zu dem Tag, an dem sie beim Eindocken des schottischen Schiffes an ihm Rache genommen hatte? Jetzt war er es nämlich, der sich kriminell verhalten hatte. Als ein Schweinehund, primitiv und rachsüchtig. Er machte sich klar, daß er die *Xantippa* eigentlich mochte, daß er sie vermißte, daß er bald eine Gelegenheit finden mußte, ihr seine wirklichen Gefühle zu zeigen. Er würde allen Stolz fahrenlassen und vor sie treten als ein neuer und besserer Mensch, aufrichtig und reumütig. Zwei Abende danach wurde Kapitän Roth gesund geschrieben. Er nahm ein Taxi direkt zum Hafen und ging mit schnellen Schritten zum Becken der Werft, wo die *Xantippa* liegen mußte. Sein Herz schlug schneller, als er eine kleine Silhouette unter dem abfallenden Steven eines Riesentankers am Ausrüstungskai entdeckte. Das war sie – aber wie verändert. Der Schornstein war kürzer und breiter geworden, der Rumpf mit großen roten Mennigeflecken war teilweise umgebaut und mit der ungesunden tabakbraunen Farbe gestrichen worden, die die anderen Boote des Unternehmens kennzeichnete. Flink wie ein Zwanzigjähriger sprang er an Bord, enterte die Brücke und legte seine Hände vorsichtig auf das Steuer. Das Schiff lag regungslos vertäut da, ohne jegliches Schlingern.

«Du mußt entschuldigen», sagte Kapitän Roth mit zitternder Stimme. «Alles Böse, was ich dir getan habe, tut mir leid. Wir müssen Freunde werden.» In der Stille des Abends war kein einziger Laut zu hören. Oben auf der Klappbrücke zeichneten sich zwei uniformierte Gestalten ab. Sie schienen ihn zu beobachten, aber Kapitän Roth kümmerte sich nicht um sie.

«Du merkst doch, ich habe dich gern», fuhr er mit einem sentimentalen Tremolo in seiner tiefen Stimme fort. «Keins meiner früheren Schiffe habe ich so gern wie dich. Du mußt das verstehen und mir vergeben.»

Er hielt inne, und eine Mauer des Schweigens war um ihn herum.

«Du kannst doch wenigstens lachen, ein ganz klein wenig lachen», sagte er bittend, und seine Hände glitten am Geländer der Brücke entlang.

Er kletterte hinunter auf das Deck und ging nach vorn, langsam streichelte er die Reling. Er war zu allem bereit.

«Du begreifst doch, du dummes Gänschen, du», sagte er hingebungsvoll, «du verstehst doch, daß du auch so mein eigenes kleines Mädchen bist... mein... eigenes... kleines... Mädchen...»

Da kam endlich ein Laut aus dem Inneren des Schiffsrumpfs. Aber das war nicht *Xantippas* sprudelndes wunderbares Lachen, sondern ein abscheuerregendes, geschmackloses Krächzen voller Ekel und Widerwillen. Kapitän Roth blieb wie gelähmt stehen. Er blickte hinunter auf seinen Fuß, der hier ganz vorn auf dem Deck in eine Pfütze mit weißer Farbe getreten war. Von einem schrecklichen, alptraumhaften Gedanken gepackt, beugte er sich über die Reling und starrte auf den Namen am Bug.

Am nächsten Tag konnte man eine lapidare Notiz in der Presse lesen: Die Polizei hatte einen älteren Mann in der Uniform eines Schiffskapitäns in die Heil- und Pflegeanstalt einliefern müssen, nachdem er in einem Anfall von Wahnsinn versucht hatte, mit einer Eisenstange den Schlepper *John G. Williamson* (früher *Xantippa*) im Werftbecken zu zerstören.

1957

Penelope

Ich denke öfter an Frankie Hatchett.

Es geschah 1946 in Casablanca, mit anderen Worten, gleich nach dem Krieg. Ich kam als Jungmann auf der *Penelope* dorthin, einem alten Dampfer, der irgendwann gleich nach der Jahrhundertwende in Clyde gebaut worden war und sich, ohne eine größere Schramme abzubekommen, durch zwei Weltkriege und einige kleinere Kriege gemogelt hatte. Als ich sie kennenlernte, hatte sie seit der letzten gründlichen Überholung drei Reedereiflaggen hinter sich gebracht und die, unter der sie damals gerade dahindümpelte, war so fürchterlich schmutzig, daß ich niemals dahintergekommen bin, was auf ihr zu sehen war. Wir waren nur mit Ballast von Sfax nach Casablanca gefahren, was sich vielleicht ein bißchen komisch anhört in einer Zeit, in der jeder Befrachter schier nach Tonnage schrie – aber *Penelope* war auf ihre Weise ein ungewöhnliches Schiff, mit einer merkwürdigen Besatzung und sonderbaren Reedern. Sie hatte so ihre Mucken. Ungefähr einmal in der Woche war die Maschine kaputt, und im Mannschaftslogis hatte ein Spaßvogel die Holzverkleidung herausgerissen, um die Ratten und das Ungeziefer loszuwerden. Das Ergebnis war, daß die armen Geschöpfe zusammen mit uns in den Kojen wohnen mußten, und die genieteten Eisenplatten schwitzten kochendes Salzwasser in der Hitze und Eisblasen, wenn wir in nördliche Gewässer kamen. Aber ich mochte sie und auch heute noch, obwohl sie mir damals davongefahren ist. Ich hatte schon so ein komisches Gefühl im Bauch, als wir losfuhren, und bei der Einfahrt nach Casablanca bekam ich solche Schmerzen, daß ich stocksteif in der Koje lag. Die Jungs drehten mich in ihrer Angst um und streckten mich, ungefähr so wie man ein steifes Knie richtet. Dann kam der Kapitän herunter und hauchte mich an, und wenn der einen anhauchte, wurde man entweder besoffen oder bewußtlos. Mir wurde schwindelig, und als ich wieder aufwachte, lag ich in einem weißgekalkten Zimmer und spuckte in eine Blechschüssel. Ein farbiges Mädchen in einem schmutzigen, weißen Kleid stand da und starrte mich an. Ich hatte immer noch Schmerzen, aber nicht mehr so stark wie vorher. Nach ein paar Tagen ging es mir schon viel besser, da legte *Penelope* ab, und ich konnte sie vom Fenster aus sehen. Ich kann das eigentlich nicht recht erklären, aber ich fühlte mich damals sehr im Stich gelassen. Doch mir fallen einige Zeilen aus einem Gedicht von Hans Sunesson ein. Er muß sich in einer ähnlichen Lage befunden haben, als er schrieb:

Immer noch sehe ich im Fieberwahn
frei von Schuld die Abschiedsszene,
sehe eine schokoladenbraune Schwester
den wehenden Vorhang zur Seite schieben:
Ragnhild braßt in die Windrichtung
– zwei kleine Tränen sind mein Applaus.
Gute Reise nach Aberdeen!

So ungefähr fühlte ich mich. Auch wenn *Penelope* kein Segelschoner, sondern ein verrosteter alter Tramp war, der nicht in den Wind braßte, sondern langsam und schwerfällig von einem fetten, schmutzigbraunen kleinen Schlepper vom Kai weggezogen wurde. Außerdem fuhr sie nicht nach Aberdeen, sondern in Zeitcharter für den amerikanischen Staat nach Newport News. Und meine Gefühle ihr gegenüber waren auch nicht so edel. Aber das Gedicht mag ich trotzdem sehr gern.

Eine Woche später bekam ich einen Job als Zivilangestellter in einem amerikanischen Depot. Es war damals nicht schwer, dort Arbeit zu bekommen, wenn man einigermaßen vertrauenerweckend aussah, denn es wurden keine Franzosen oder Araber eingestellt, und man suchte dringend Arbeitskräfte. Es war eine angenehme Arbeit. Viermal in der Woche fuhr ich mit einem Jeep voller Briefe und Pakete zu einem Militärlager, das ungefähr hundertfünfzig Kilometer entfernt am Rande der Wüste lag, und das lief immer gut, obwohl ich noch nie ein besonders geschickter Autofahrer gewesen bin. Auf der Strecke gab es nämlich keine Fahrbahn und keinen Graben, nur einige in den Sand gesteckte Eisenrohre, vorausgesetzt, daß die Araber sie nicht wieder gestohlen hatten.

Das Lager war imponierend, und wenn man an all die Müdigkeit und Trostlosigkeit der zerschossenen Städte jener Zeit dachte, fühlte man sich in diesem Depot wie ein Kind im größten Spielwarenladen der Welt. Es gab einfach alles, in unübersehbaren Mengen, und ich habe oft überlegt, warum man sich die Mühe gemacht hatte, soviel Zeugs dorthin zu schleppen. Aber eine Sache begriff ich sofort: Die Amis hatten verstanden, wie wichtig es ist, daß die Jungs was Ordentliches zu essen brauchen, wenn sie von zu Hause weg in den Krieg müssen. In der Kantine gab es drei oder vier verschiedene Menüs zur Auswahl, und auf den Tischen standen überall große Schalen mit Obst. Zigaretten und Kaugummi lagen überall herum. Dagegen dauerte es einige Wochen, bis ich kapierte, wie die den Krieg mit solchen Soldaten wie Frankie Hatchett hatten gewinnen können.

Frankie Hatchett war mein Chef. Er war ein rothaariger Bauernbursche aus Georgia und sicher nicht größer als eins zweiundsechzig. Er war so O-beinig, daß er nicht wie ein gewöhnlicher Mensch gehen konnte, sondern vorwärtsrollte, und seine Ohren, die rechtwinklig vom Kopf abstanden, waren voller hellroter Sommersprossen. Mitten im Gesicht hatte er eine sehr kleine Stupsnase. Wenn er besoffen war, fing er an zu weinen und zeigte abgegriffene Fotografien von Vater und Mutter und fünf rotznäsigen Geschwistern dahein in Georgia. Wenn er nüchtern war, lag er auf dem Rükken im Bett und schnarchte widerlich röchelnd. Einmal habe ich ihn lesen sehen, ein Comicheft, aber er schlief beinahe sofort ein. Seine Khakiuniform war zerknittert wie Kreppapier, und der große Armee-Colt verschwand beinahe tief in seiner rechten Hinterbacke. Die Waffe schien absolut überflüssig. Wenn man besonders nett sein will, kann man sagen, daß Frankie eine häßliche, grotesk überzeichnete Karikatur von Mickey Rooney war. Aber er war ein guter Chef. Wenn wir hinaus zu dem Depot fuhren, lag er oben auf den Postsäcken und schlief. Bei der Ankunft weckte ich ihn, und er stellte sich neben den Wagen und rauchte, bis ich abgeladen hatte. Danach legte er sich direkt auf das Blech der Ladefläche und schlief ein.

Manchmal fuhren wir abends hinauf in die Araberstadt und amüsierten uns für eine Stange amerikanischer Zigaretten, und im Laufe der Stunden trafen wir zwei Mädchen, die beide gar nicht so übel waren. Außerdem taten sie einem für eine Tafel Schokolade jeden Gefallen. Ich habe die Namen vergessen, aber ich erinnere mich, daß Frankie den ganzen Abend über dasaß und seinem Mädchen wie ein allein gelassenes zweijähriges Kind die Hand drückte und daß er niemals etwas anderes mit ihr unternahm. Aber wenn wir nach Hause gekommen waren, begann er im Bett zu weinen. Da war er natürlich besoffen.

Nach einem Monat oder so kam *Penelope* zurück, und da hatte ich sie beinahe vergessen. Sie sah schlimmer aus als jemals vorher, die See hatte das halbe Heck beschädigt, und sie lag am Kai und löschte Stückgut für das Depot. Ihre Last war etwas sonderbar: 20000 Schreibmaschinen und ebenso viele Rechenmaschinen. Der Lagerchef kratzte sich am Kopf, ließ die Holzkisten in ein Magazin schaffen, und da stehen sie wohl noch bis zum heutigen Tage. Aber nicht mehr alle sind vollständig.

Eine Woche später war sie fast wieder beladen und sollte bald ablegen. Es war an einem Donnerstagabend, und Frankie und ich wollten in die Stadt und mit unserer geliebten Zivilbevölkerung fraternisieren, da kam der wachhabende Sergeant auf uns zu und sagte:

«Die verdammten Schweine stehlen unsere Schreibmaschinen und verkaufen sie. Jede Nacht verschwinden vier oder fünf Stück. Die kommen barfuß, man hört sie nicht, und dann rennen sie, und wenn man hinter ihnen herschießt, trifft man nur die weißen Hemden, die um sie herumflattern. Außerdem schafft man es kaum, richtig zu zielen.»

«Wird gemacht», knurrte Frankie und spuckte seinen Kaugummi aus.

«Versuch mal dein Glück, wenn du kannst», brummte der Sergeant.

«Wird gemacht», sagte Frankie.

«Aber sieh dich vor den verdammten Schlangen vor», warnte der Sergeant, «die kommen von den verdammten Bananen raus. Die verdammten Biester beißen zu, und dann stirbt man.»

«Wird gemacht», schnaubte Frankie.

«Kommst du mit?» fragte Frankie mich.

«Ich habe nur das hier», antwortete ich und hielt mein großes Karabinerbajonett hoch.

Als Zivilangestellter durfte ich keine Schußwaffen tragen.

«Macht nichts», sagte Frankie.

Wir postierten uns im Magazin hinter einigen Holzkisten ganz in der Nähe der Tür. Dann wurde es bald dunkel und ganz still, und Frankie hielt die Luft an. Ich habe niemals jemanden so lange und so perfekt die Luft anhalten hören. Ich stand hinter ihm und versuchte, meinen Körper zu bewegen, aber unterdessen schliefen erst die Füße und dann die Beine ein, und ich hörte immer noch nicht, daß er überhaupt atmete.

Nach ungefähr zwei Stunden bemerkte ich ein kratzendes Geräusch und knipste die Taschenlampe an. Zehn Meter von uns entfernt sahen wir eine lange grüne Schlange, die sich zwischen den Kisten durchringelte und den vorderen Teil ihres Körpers aufrichtete.

«Mach aus!» befahl Frankie.

Ich konnte nicht. Ich stand mit dem Zeigefinger auf dem Lichtknopf völlig versteinert da, und die Schlange befand sich mitten in dem Lichtkegel.

«Tu doch was», sagte ich, und meine Stimme hörte sich ziemlich kläglich an.

Frankie zog den Colt heraus und legte ihn in die linke Armbeuge, zielte ruhig und schoß der Schlange den Kopf ab. Der Schuß dröhnte, als ob die ganze Welt explodieren würde. Dann blickte er mich an, nahm die Taschenlampe und knipste sie aus. Danach blieb er stocksteif stehen und ich ebenfalls, aber ich hätte mich auf die

Socken machen wollen, wenn meine Beine mich getragen hätten. Denn ich hatte gehört, daß Schlangen immer zu zweit unterwegs sind und daß diejenige, die übrigbleibt, sich stets rächen will, wenn man ihre Gefährtin erledigt hat. Aber Frankie rührte sich nicht, und ich hörte auch wieder nicht, ob er atmete.

Zwei Stunden später war ich mir auch nicht mehr sicher, daß ich noch wach war. Aber die Ohren lauschten gespannt, und da hörte ich den langen, quietschenden Laut, der entsteht, wenn man einen Nagel mit einem Brecheisen aus festem Holz zieht. Frankie knipste die Taschenlampe an und hatte einen Araber in weißem, langem Hemd mitten im Lichtkegel. Eine Sekunde später lag der Colt in der Armbeuge, und die Kugel traf den Araber mitten in die Brust, so daß er, noch auf den Füßen, fünf, sechs Meter zurückflog, eine Art verdrehten Totentanz aufführte und dann mit ausgebreiteten Armen und unnatürlich verrenktem Körper auf den Betonfußboden hinsank.

Sofort sauste Frankie durch die Tür hinaus und ich hinterher, denn ich traute mich nicht, allein darin zu bleiben. Die beiden anderen rannten den Gang zwischen den Lagerschuppen entlang, gebückt wie flüchtende weiße Winkeleisen, und Frankie stand breitbeinig vor der Tür. Der Colt lag ganz ruhig in seiner Armbeuge, man sah deutlich, daß er genau dahin gehörte.

Er traf den ersten unter der ersten Laterne, in einem Abstand von zwanzig Metern, und den zweiten unter der nächsten, und da betrug der Abstand bereits vierzig Meter. Einer von den beiden hatte die Schreibmaschine den ganzen Weg mitgeschleppt, und jetzt lag sie neben ihm.

Ich ging hinüber zur Wand des Schuppens und kotzte.

«Best gun in the world», erklärte Frankie und steckte den Colt zurück an seinen Hintern.

«It knocks a man across the street.»

Zwei Tage später legte die *Penelope* ab, und ich stand auf dem Heck und hörte den schmutzigbraunen Schlepper, der unter mir ächzte. Er sagte «tut-tut», «tut-tut» zu seinem Kameraden vor dem Bug, aber ich begriff nicht, was er damit meinte.

1959

Lucia delle Fave

«Ich frag mich, ob sie heute wohl freikommt», Luigi brach das Schweigen und spuckte quer über die verwitterte niedrige Steinmauer hinunter in den Sand.

«Ist viel Fisch in der See», fügte er hinzu. «Die aus den Abruzzen, die heute morgen reingekommen sind, hatten eine erfolgreiche Nacht.»

«Zwanzig Kisten Calamaris», stellte er provozierend fest. «Die bringen einen ganzen Haufen Geld – denen.»

Er bewegte ungeduldig seinen Kopf und blickte hinaus auf die See, die sich hellblau, glatt und still bis zu jener unbestimmten Linie hinzog, an der das gleißende Sonnenlicht das Wasser aufzusaugen schien.

«Es müßte in ungefähr einer halben Stunde eintreten», sagte er. «Also das Hochwasser. Vielleicht macht es sie flott. Der Wasserstand ist heute etwas höher.»

Niemand antwortete.

Sie standen nebeneinander, die Arme auf die Brüstung gestützt und die Rücken der Sonne zugewandt, barfüßig in zerfetzten Hemden. Die Hosenbeine hatten sie bis zu den Kniekehlen hochgekrempelt. Luigi, Mateo, Giovanni, Aldo und Pietro, alle fünf hatten sie faltige, dunkelbraune Nacken und drei Tage alte Bartstoppeln am Kinn. Es war Mittwoch. Auf dem Hügelrücken über ihnen lag die Stadt wie eine uralte schmutziggraue Mütze, und dahinter zogen sich die langen, weichen Wiesenflächen der Gargano-Halbinsel in faden, olivgrünen Nuancen hin. Da draußen lag das Adriatische Meer, bleich, lauwarm und reglos. Und unten am Betonfundament der Brüstung sickerte ein kleines Rinnsal von den Bergen aus dem löwenfellgelben Sand hervor und floß langsam auf die Strandlinie zu. Nichts war zu hören, außer dem monotonen Summen der Fliegen rund um den Haufen alter, ausrangierter Fischkisten und dem schabenden Geräusch, als Giovanni den rechten Fuß hob und sich mit dem rissigen Nagel des großen Zehs an der kräftigen linken Wade kratzte.

An der kurzen Zementpier, die rechtwinklig vom Strand in die See gebaut worden war, lag das Fischerboot *Lucia delle Fave* unbeweglich an seiner Vertäuung, mit dem Kiel eingebettet in die Sandbank, die sich sanft an das eingerammte Fundament der Mole schmiegte. So hatte sie elf Tage lang dagelegen, seit das letzte Hochwasser langsam abgelaufen war, und die Muscheln und das hellgrüne Seegras hatten bereits ihre Kletterpartie an den eisengrauen Planken hinauf begonnen. Sie war ein schönes altes Boot mit kräftigen, vertrauenerweckenden Linien, mit zwei Masten, ausgeleiertem Glühkolbenmotor und einem Steuerhaus im vorderen Teil. Das heißt, ehrlich gesagt, so war sie gewesen. Sie hatte sechs Knoten machen können, wenn es sich ergab. Aber nun lag sie ganz still da, die Leinen hingen schlaff herab, und der Anker lag auf dem Land, halb im Sand vergraben.

«Bald müßte es hier sein, das Hochwasser», meinte Luigi. «Vielleicht macht es sie flott.»

Aldo griff hinter sein Ohr, nahm die halbe Zigarette, strich sie vorsichtig glatt und steckte sie in den Mundwinkel. Er zündete sie nicht an, sondern starrte die ganze Zeit hinunter auf etwas, das sich im Sand bewegte. Die anderen vier blickten auf die gleiche Stelle genau unter ihnen. Luigi, der der Kleinste war, mußte sich ein wenig vornüberbeugen, um besser sehen zu können.

Ganz nahe an der rissigen Betonwand in dem schmalen Schatten der Mauer kroch ein großer schwarzer Käfer entlang. Er wohnte in den Hohlräumen unter den alten Fischkisten, und man konnte seine in den Sand gezeichnete Spur verfolgen, ein langes verwinkeltes und unsicheres Band. Jetzt hatte er gefunden, was er suchte, und war auf dem Heimweg. Er krabbelte rückwärts, rollte mühsam eine Kugel aus getrocknetem Eselsmist auf die Fischkästen zu. Die Mistkugel war eiförmig und unregelmäßig geformt, sie war mindestens doppelt so groß wie der ganze Käfer. Deshalb war es ein anstrengender und umständlicher Transport. Genau an der Schattenkante mußte der Käfer anhalten und eine hervorstehende Kante der Mistkugel abnagen. Er arbeitete langsam und methodisch und schliff die Unebenheit sorgfältig ab. Danach drehte er sich um, stemmte die Hinterbeine auf den Boden und rollte seine Last in die Sonne. Der Abstand zu den Fischkästen betrug etwa fünf Meter. Obwohl er die ganze Zeit über gezwungen war, rückwärts zu laufen, hielt der Käfer sich genau an seinen Kurs. Der erste Meter erstreckte sich über glatten, feuchten Sand und war ziemlich schnell überwunden. Die Augen der fünf Männer bewegten sich kaum merklich.

«Nachher wird es schwieriger», bemerkte Luigi.

Er drehte sich um und blickte auf die See. Die weißblaue Endlosigkeit zwischen Himmel und Meer schien ein wenig nähergerückt zu sein, aber die Wasserfläche lag immer noch glatt und still vor ihm.

«Jetzt müßte das Wasser hier sein», überlegte er.

Der Käfer war aus dem feuchten Streifen Sand herausgekommen und steuerte geradewegs auf eine alte Planke zu, die dort halb im Sand vergraben herumlag. Das Holz war vom Meerwasser geschliffen und die Kanten abgerundet worden, tausend mikroskopisch kleine Kunsthandwerker hatten ein feines Muster hineingearbeitet. Als die Mistkugel dagegenstieß und plötzlich nicht mehr weiter zu bewegen war, ließ der Käfer los und lief eilig an dem Holzstück entlang, erst in die eine Richtung, dann in die andere, so als ob er die Entfernung abmessen wollte. Dann griff er wieder zu und schleppte die Kugel ungefähr fünf Zentimeter zurück, wuchtete sie herum und begann wiederum rückwärts auf das Brett zu und schräg daran vorbei zu krabbeln. Aber er hatte das Gelände auf der anderen Seite nicht untersucht. Hinter dem Hindernis befand sich eine tiefe Grube in dem losen Sand, vielleicht ein alter Fußabdruck. Die Mistkugel hing einen Moment lang auf der Kante der Vertiefung, und der Käfer mühte sich, sie dort festzuhalten, aber die schwache Kante gab nach, und die schwere Last entglitt ihm. In einer kleinen, dünnen Staubwolke rollte sie hinunter auf den Boden der Grube. Links und rechts rutschte der feine Sand in schmalen Streifen hinterher. Der Käfer umrundete die Grube, und als er eine Stelle gefunden hatte, an der die Kante einigermaßen fest zu sein schien, begann er hinunterzuklettern. Rückwärts, ganz langsam und vorsichtig. Aber die Festigkeit der von der Sonne ausgetrockneten Kante war trügerisch, und gerade als er sich hinunterlassen wollte, brach die Kante unter den Vorderbeinen des Käfers. Er verlor den Halt und rollte den kleinen Abhang hinunter.

Die fünf Männer konnten senkrecht in die Grube hineinblicken.

Der Käfer lag neben der Mistkugel auf dem Rücken. Eine ganze Minute ließ er sich Zeit, lag ganz ruhig da, und begann dann mit dem Versuch, sich umzudrehen, indem er sich mit den Beinen auf seiner linken Seite gegen die Mistkugel stemmte. Entscheidend dabei waren die Balance, das Gewicht und ein behutsames Vorgehen. Aber es gelang ihm erst beim fünften Versuch, und als der Käfer sich aufgerichtet hatte, lief er einmal rund um den Boden der Grube. Danach kletterte er an der gleichen Stelle, an der er heruntergefallen war, hinauf bis oben an die Kante, ließ sich hinuntergleiten und wiederholte diese Prozedur dreimal. Auf diese Weise entstand so etwas wie eine kleine Rampe im Sand.

«So schafft er das nie», urteilte Luigi, als der Käfer die Mistkugel an den richtigen Platz bugsierte und damit anfing, sie die kleine Rampe hinaufzuschieben.

Auf halbem Wege nach oben war Schluß. Vor dem Eselsmist hatte sich ein kleiner Sandwall gebildet, und die Vorderbeine des Käfers arbeiteten umsonst in der lockeren Unterlage. Das Muster ähnelte den Reifen eines rutschenden Autos in frisch gefallenem Schnee. Nach zwei Minuten mußte er aufgeben und rutschte mitsamt seiner Beute zurück auf den Grund.

Hinter den Rücken der Männer hatte die See ganz schwach zu rauschen begonnen. Die erste zögernde kleine Welle des Hochwassers kräuselte die Wasseroberfläche.

Der Käfer trampelte auf seiner Rampe rauf und runter. Dann nahm er langsam einen zweiten Anlauf. Diesmal kam er weiter voran, und die Kugel war bereits dicht unter der Kante, als die herunterrieselnden Sandkörner sich vor ihr stauten und der Käfer wieder im Leerlauf arbeitete. Der Sand rann nadelfein um seine behaarten Beine.

Aldo kramte aus seiner Hosentasche ein Streichholz aus Wachspapier hervor und hielt es zwischen den Fingern, ohne die Mistkugel aus den Augen zu lassen.

«Das klappt nicht», sagte Luigi.

Aber diesmal dachte der Käfer nicht daran aufzugeben. Es war ihm geglückt, eine kleine dünne Muschel als Halt für sein rechtes Vorderbein zu finden. Er stützte sich darauf ab und konnte auf diese Weise die Kugel an ihrem Platz halten, ohne die ganze Zeit über mit den Beinen arbeiten zu müssen. Nach einer kurzen Verschnaufpause änderte er vorsichtig seine Stellung mit dem linken Vorderbein, nahm dann, so als ob er den Überraschungsmoment nutzen wollte, alle Kraft zusammen. Die Mistkugel wurde angehoben, und für einen Augenblick sah es so aus, als ob sie aus seiner Umklammerung gleiten und über den Rücken des Tieres wieder hinunterrollen würde. Aber der Käfer stemmte sich weiter gegen die Muschel und hob mit einer gewaltigen Kraftanstrengung seine Beute auf die Kante. Dann ließ er los und taumelte ermattet hinunter in die Grube. Nach einer Weile kletterte er wieder hinauf, inspizierte den Eselsmist von allen Seiten und begann, ihn in Richtung der Fischkästen zu schieben. Es lag so etwas wie freudiger Eifer in seinen Bewegungen.

Aldo nahm sich Feuer und zündete seine Zigarette an.

Zwischen dem Käfer und den Fischkästen gab es nun nur noch ein einziges Hindernis von Bedeutung; das kleine Rinnsal frischen Wassers, das in seinem kaum wahrnehmbaren Bett dahinfloß. Aber bis dahin war der Weg noch weit.

Das Hochwasser kam vom Meer herein, leise rauschend spülte es spielerisch um die Muscheln und die kleinen Steine an der Strandkante. Luigi blickte auf das Fischerboot, das immer noch unbeweglich dalag. Die vier anderen verfolgten träge den Weg des Käfers über die ebene Fläche.

Hoch über ihnen wurde der langgezogene Schrei einer Möwe zwischen den Abhängen hin und her geworfen. Zwischen den Fischernetzen auf der Zementplatte unterhalb der ungleichmäßig aufgetürmten Häuser trieb ein Hirtenjunge eine Herde schwarzer Schweine hinunter zu der mageren Weide am Strand.

Lucia delle Fave lag unbeweglich in ihrer schlaffen Vertäuung.

«Das ist nun fünfzehn Jahre her, seit die Marine an der Pier gebaggert hat», murrte Luigi. «Bald können wir sie überhaupt nicht mehr benutzen. Und wie soll es dann weitergehen?»

Das Hochwasser wurde stärker. Die erste richtige Welle brach sich und schäumte über den Strand.

Der Käfer schob seine Mistkugel rasch auf das Rinnsal zu. Er hielt einen schnurgeraden Kurs.

Die zweite Woge warf sich gegen die ausgewaschene Zementwand der Mauer, gluckste an der Bordwand des Fischerbootes entlang und brach sich schäumend am Strand.

Lucia delle Fave lag ganz ruhig da.

Aldo nahm die Kippe aus dem Mund und ließ sie dicht neben seine Füße auf den Boden fallen. Mit dem nackten Hacken trat er sie aus.

Der Käfer hatte das kleine Rinnsal erreicht und krabbelte nachdenklich an der Kante entlang, die feucht und fest war und einen vertrauenerweckenden Eindruck machte. Die Mistkugel lag rund und schön ein Stückchen davon entfernt. Der Käfer kletterte hinunter und wanderte an dem langsam fließenden Wasser hin und her. An einer Stelle lief er in den flachen Strom, kam aber sofort zurück. Wie in Gedanken versunken, verharrte er regungslos. Er sah aus wie ein Ingenieur, der die Voraussetzungen für einen Brückenschlag prüft.

«Wenn die dritte Woge kommt, ist es so hoch, wie es überhaupt nur werden kann», sagte Luigi.

Der Käfer hatte nun offenbar seinen Entschluß gefaßt und krabbelte zur Mistkugel zurück. Er rollte sie zielbewußt zu der ausgesuchten Stelle, nahm Anlauf und stieß sie an. Der Eselsmist rollte von allein aus eigener Kraft die niedrige Böschung hinunter, prallte leicht auf eine Unebenheit und kullerte beinahe ganz über den kleinen Wasserlauf. Der Käfer blieb noch einen Moment stehen, so als ob er das Ergebnis kontrollieren wollte, dann kletterte er hinterher, um seine Arbeit zu vollenden.

Zum drittenmal kam eine Welle auf den Strand zu und brach sich schäumend an der Pier. Ein Zittern ging durch den Rumpf der *Lucia delle Fave*, sie schaukelte leicht, und fast kam der Kiel von der Sandbank frei, eine der Festmacherleinen knarrte.

«Wenn wir den Motor angelassen hätten, wäre sie jetzt frei», brummte Luigi.

Von der Welle war jetzt nichts mehr zu spüren, aber das Fischerboot lag nicht mehr regungslos da. Es schwankte langsam und beinahe unmerklich, als ob es versuchen wollte, sich mit eigener Kraft aus dem nachlassenden Griff des Sandes zu befreien.

«Wenn wir die Jolle nehmen und den Anker hochziehen, können wir sie rausziehen», schlug Luigi vor.

«Sie ist jetzt beinahe flott», fügte er hinzu.

Die vier anderen starrten auf die *Lucia delle Fave*.

«Beinahe», wiederholte Giovanni, der der Älteste war.

Der Käfer hatte sich die gegenüberliegende Kante hinaufgequält, und nun fehlte nur noch ein kleines Stück bis zu den Fischkästen. Er nahm die Kugel wieder zwischen die Hinterbeine und begann sie zu rollen. Jetzt bewegte er sich zum erstenmal in seiner alten Spur.

Sie hörten die dumpfen Laute von nackten Fußsohlen auf dem Sand. Ein kleines, halbnacktes Kind mit von der Sonne beinahe schwarz gebrannter Haut kam hüpfend auf das Wasser zugelaufen. Als es auf der Höhe der fünf Männer war, blieb es stehen und sah mit großen, nachdenklichen Augen zu ihnen hinauf. Dann blickte es auf den Käfer, der sich nur wenige Dezimeter von den nackten Füßen entfernt bemühte, und wandte sich danach wieder dunkel und fragend den Gesichtern der Männer zu.

«Jetzt werdet ihr sehen, daß der verdammte Balg ihn totschlägt», argwöhnte Luigi und starrte auf den Käfer, der nur noch einen halben Meter bis zu den Fischkästen vor sich hatte.

Das Kind betrachtete den Käfer einige Sekunden lang. Dann drehte es sich um und lief weg, ohne ein Wort gesagt zu haben.

Das Meer war wieder zur Ruhe gekommen. Nur ein leises Rauschen war zu hören, als das Wasser von dem hungrigen, sonnengetrockneten Sand aufgesogen wurde. Das Boot lag beinahe wieder regungslos da.

«Jetzt beginnt es abzulaufen, das Hochwasser», Luigi resignierte.

Der Käfer war jetzt bis zu den Fischkästen gekommen. Die Mistkugel lag bereits an der Kante des Loches. Das Tier krabbelte drumherum, gemächlich und ohne Hast, wie ein müder, aber zufriedener Tagelöhner. Vielleicht untersuchte er die beste Art und Weise, seine Beute einzubringen, ohne den Bau zu beschädigen. Dann drehte er sich um und ging daran, den Eselsmist hineinzuschubsen.

Die nackten Füße stampften schnell durch den Sand. Das Kind blickte einmal unsicher in die Runde, bevor es den Käfer entdeckte. In seiner kleinen, krampfhaft geschlossenen Hand hielt es ein altes, rostiges Fischmesser mit abgebrochener Klinge. Es ließ sich geschickt federnd in die Hocke nieder. Der erste Schnitt trennte zwei Beine vom Körper des Käfers. Die lagen dicht behaart und gekrümmt neben ihm. Der zweite Schnitt traf mit einem leicht knirschenden Laut den Rückenpanzer, der dabei zu Bruch ging. Der Käfer war nur noch eine schwarze, undefinierbare Masse. Die Mistkugel blieb auf der Kante liegen. Das Kind stand auf, blickte die Männer mit offenem, schwarzem Mund an und gab ein kurzes, gutturales triumphierendes Lachen von sich. Dann lief es davon.

Tap, tap, tap. Kleine nackte Fußsohlen im Sand.

Das Boot lag bewegungslos da. Die Wasseroberfläche war bleich und spiegelglatt.

Der Rumpf sank langsam in den saugenden Sand.

«Übrigens gibt es hier kaum ein richtiges Hochwasser», sagte Luigi.

Er war ein Fremder, von einer anderen Küste.

Die anderen sahen ihn schwermütig an und begannen, hinauf in die Stadt zu gehen.

Nach drei Schritten kam Aldo noch einmal zurück. Er hob die zentimeterlange Kippe auf und steckte sie in die Tasche. Dann folgte er langsam den anderen.

1960

Ofelia

Dies ist der tragikomische Bericht über Gunvor Larsson aus Malmö und ihre sechs Reisen von Stavanger in Norwegen via Ridham Dock und Las Palmas nach Rio de Janeiro in Brasilien.

Am einundsechzigsten Grad nördlicher Breite auf der Höhe von Muckle Flugga auf den Shetlandinseln kann im November oft schlechtes Wetter herrschen. Unter solchen Verhältnissen ein großes Schiff auf hoher See zu stoppen ist ein umständliches und teures Manöver, und der Schiffsführer muß die Risiken sorgfältig abwägen. Wenn sein Schiff älteren Baujahrs ist, überlegt er sich die Entscheidung besonders gründlich und besonders lange. Er muß die Sicherheit der Last und der Passagiere in Betracht ziehen, und außerdem denkt er so gut wie nie an etwas anderes als an seinen Fahrplan.

Wenn bei so schlechtem Wetter und schwerer See jemand über Bord geht, sind lange Erfahrung und schnelle Entschlüsse auf der Brücke erforderlich. Erfahrene Fahrensleute empfehlen ein scharfes Wendemanöver nach Steuerbord bei halber Fahrt voraus, danach Maschine rückwärts, dann wird das Rettungsboot an dem Punkt zu Wasser gelassen, an dem das Schiff seinen eigenen Kurs kreuzt. Der Radius der Wende nach Steuerbord hängt ab von der Zeitspanne, die von dem Augenblick des Unfalls bis zu dem Moment vergeht, wenn die Meldung auf der Brücke eintrifft. Kommt diese Meldung sofort beim Wachhabenden an, sind die Aussichten gar nicht mal so schlecht. Verzögert sich die Meldung, so ist das einfach Pech.

Diese allgemeinen Regeln galten auch für die MS *Ofelia*. Sie war 1923 in Göteborg gebaut worden, 5200 BRT groß. Ihren Antrieb besorgten zwei einzelwirkende Vierzylinder-Dieselmotoren, die direkt gekoppelt waren. Sie verliehen ihr eine Geschwindigkeit von vierzehneinhalb Knoten. Pro Minute legte sie eine Strecke von dreihundert Metern zurück. Innerhalb von einer Viertelstunde bewegte sie sich infolgedessen zirka fünfzehnmal so weit. Zirka ist ein vager Begriff, besonders auf See und bei Nacht, und jede Minute, um die man sich bei einer angenäherten Zeitangabe verschätzt, hat generell eine falsche Beurteilung von dreihundert Metern zur Folge.

Gunvor Larsson war eine ganz normale schwedische Frau, und außerdem war sie Putzfrau an Bord der MS *Ofelia*.

Gunvor Larsson aß gern Schokolade. In einem Kiosk auf dem Zwischendeck wurde Schokolade zollfrei verkauft, und am Ende der ersten Reise sagte der Supercargo, mit dem sie in Stavanger ins Bett zu gehen pflegte: Du wirst langsam ein bißchen rundlich. Er sagte das liebevoll, aber weil sie nackt und glücklich war, aber auch hübsch sein wollte, wurde sie ein wenig traurig.

Sie überlegte: Ich muß mit der Schokolade aufhören. Das war nicht leicht, aber es gelang ihr. Gleichzeitig begann sie zu rauchen. Bei der Rückkehr von der zweiten Reise rauchte sie ungefähr dreißig Zigaretten täglich, und der Supercargo mahnte: Du rauchst zuviel. Er sagte ihr das um drei Uhr in der Nacht, als sie aufstand und nach Zigarettenkippen zu suchen begann. Daß sie sieben Kilo weniger wog, schien er gar nicht zu bemerken.

Sie überlegte: Recht hat er, ich muß mir das Rauchen abgewöhnen. Das fiel ihr schwer, aber sie schaffte es. Ab und an, wenn sie der Sucht kaum noch widerstehen konnte, trank sie einen Whisky. Gegen Ende der dritten Reise schien ihre Gier nach Zigaretten zuzunehmen. Als die Flasche auf dem Nachttisch leer war, sagte der Mann aus Stavanger: Du solltest nicht in einer Tour trinken. Er war nicht in Stimmung, denn er hatte die Hälfte der Flasche selbst ausgetrunken, und der Alkohol machte ihn reizbar, und nun war er schlecht gelaunt.

Sie überlegte: dieser verdammte Schnaps. Sie wußte nicht recht, was sie tun sollte, bis ein spanischer Koch, der pleite war, sie dazu überredete, sich einen Vorrat an Medikamenten einzukaufen. Der bestand hauptsächlich aus einem Lager an Fenedrintabletten der Marke *Centramina*. Sie nahm davon täglich vier Stück, hörte mit dem Rauchen auf und fühlte sich wohl. Nach der vierten Reise sagte der Mann aus Stavanger: Heute abend warst du prima, aber du bist verdammt nervös, und warum bist du so heiser?

Sie überlegte: Er hat recht, wie immer. Die Tabletten machen mich nervös, und außerdem ist mein Hals immer belegt. Auf ihrer fünften Reise kaufte sie drei Fünfliterflaschen eines Hustensaftes, der Opium enthielt. Er schmeckte ihr, und hinter Las Palmas begann sie, den Hustensaft becherweise zu trinken. In Stavanger sagte der Supercargo ohne jede Begeisterung: Du bist ja spindeldürr geworden.

Auf dem letzten Teil der sechsten Reise ging Gunvor Larsson das Heroin aus. Sie hatte kein Geld mehr und schlief mit dem Schuhputzer, den sie eigentlich verabscheute, bekam dafür einen Klacks schwarzer Schuhcreme, die sie mit lauwarmem Wasser verdünnte und durch Toilettenpapier filterte. Dann spritzte sie sich die Mischung intravenös in den linken Arm und machte sich auf den Weg, um die Messingschwelle in der Kabine des Kapitäns zu putzen. Auf dem Weg dorthin geschah es, daß sie auf dem Bootsdeck auf die falsche Seite eines Davits geriet.

Das passierte am einundsechzigsten Grad nördlicher Breite, auf der Höhe von Muckle Flugga.

Die Meldung kam spät und erreichte die Brücke nach ungefähr fünfzehn Minuten.

Außerdem ist es, wie gesagt, ein umständliches und teures Manöver, ein großes Schiff auf offener See zu stoppen, besonders bei schwerem Wetter.

1961–62

Ceres

Über die *Ceres* gibt es nur wenige offizielle Daten. Sie war dreizehn Meter lang, vier Meter breit und war zugelassen für den Verkehr im Schärengarten mit bis zu siebzig Passagieren. 1893 lief sie vom Stapel, wurde irgendwann einmal umgebaut und scheint 1963 aus dem Schiffsregister gestrichen worden zu sein.

Dem ist natürlich einiges hinzuzufügen.

Im Herbst 1892 wurde der Bau der *Ceres* in Auftrag gegeben, um im Liniendienst Post, Passagiere und Fracht zwischen zwei großen Fischereihäfen zu transportieren, von denen einer auf dem Festland und der andere auf einer Insel lag. Damals wurden die Leute noch mit Ruderbooten befördert und das Frachtgut mit einem schwerfälligen, alten Segelboot, das recht häufig bis zu zwei Stunden von einem Anleger zum anderen unterwegs war. Die *Ceres* wurde aus Kiefernholz auf Eichenspanten gebaut, von einer ziemlich kleinen Werft, die hauptsächlich Fischereifahrzeuge konstruierte und baute und ihre ganze Erfahrung mit einbrachte, um sie zu einem seefesten und zuverlässigen kleinen Boot zu machen.

Bereits bei der Probefahrt bezeichnete man sie als plump und häßlich, und mit den Jahren wurde sie nicht ansehnlicher. Sie war kurz, breit, bauchig und erinnerte ihr ganzes Schiffsleben lang an eine energische kleine Waschwanne, die zwischen den beiden Häfen hin und her tuckerte und dabei nicht eben selten größeren und schöneren Schiffen in die Quere kam. Auf den Schiffen im Schärengarten fluchte man öfter über sie. Wenn sie nicht deren Kurs kreuzte, so blockierte sie deren Anlegeplätze, oder es war irgend etwas anderes. Die Schiffe im Schärengarten waren groß und stattlich und kamen von weit her. Sie hatten es stets eilig, und ihre Arbeit war von einem Flair aus hochgradiger Effektivität und äußerster Wichtigkeit umgeben. In der ersten Zeit waren sie schwarz mit gelber Reling, hatten Vierfachdampfmaschinen, zwei Masten und hohe Schornsteine. Später dann wurden sie weiß und noch schöner mit ihren Wimpeln und Plüschsalons, und einige Jahre darauf rüstete man sie mit Dieselmotoren, niedrigen stromlinienförmigen Schornsteinen und kunststoffbezogenen Möbeln in den ehrwürdigen alten Salons aus. Schließlich verschwanden sie ganz, und ihre Eigentümer investierten ihre letzten Scheine in Buslinien, die bald darauf der Konkurrenz der kommunalen Busunternehmen zum Opfer fielen.

Nur die *Ceres* überlebte. Als sie fünfzehn Jahre alt war, wurde sie umgebaut, bekam einen Glühkolbenmotor, ein Klosett und einen überdachten Raum für die Passagiere, was sie noch plumper als vorher erscheinen ließ.

Sie diente ihren Besitzern fünfundfünfzig Jahre lang, tagein, tagaus, und ihre durchschnittliche Fahrzeit von Brücke zu Brücke betrug zwölf Minuten. Die beiden Fischereihäfen fielen dem Tourismus zum Opfer, der auf der Insel beinahe noch stärker überhandnahm als der auf dem Festland, und während der Sommermonate unternahm sie bis zu dreißig Doppeltouren pro Tag. Nicht selten hatte sie bedeutend mehr Passagiere an Bord als die siebzig Personen, die nach der Vorschrift, die dekorativ eingerahmt das Schott zwischen dem Passagierraum und dem Steuerhaus schmückte, zugelassen waren.

Im Laufe dieser fünfundfünfzig Jahre passierte eigentlich gar nichts. Der Fahrpreis stieg von fünf Öre auf fünfzig. Die *Ceres* transportierte fünf Millionen Passagiere, von denen einige naß wurden, besonders in der Winterzeit, und noch mehr bleich wurden und sich übergeben mußten, vor allem während der Sommermonate. Eine alte Frau starb an Herzversagen, was sowieso geschehen wäre, egal wo sie sich befand. Im übrigen kam niemand zu Schaden. Darüber hinaus beförderte sie fünfzehn Millionen Postsendungen.

In einer Sommernacht geschah etwas, was sich später nicht wiederholte und von dem lediglich zwei Personen Kenntnis hatten. Es war zwei Uhr nachts, und die *Ceres* war nicht in Betrieb, sondern lag vertäut am Kai. Eine Frau und ein Mann kamen an Bord. Die Frau war siebzehn Jahre alt und wohnte in einem der Fischereihäfen, der Mann in weißen Hosen machte dort Urlaub. Sie schienen glücklich und fröhlich zu sein, und auf einer Decke im Gang zwischen den Bänken im Fahrgastraum schliefen sie miteinander. Als sie an Land gingen, schienen sie immer noch fröhlich zu sein, und die Frau knüllte einen Schein, den sie von dem Mann bekam, zu einem kleinen Ball zusammen und warf ihn ins Wasser. Während der folgenden Wochen fuhr der Mann zusammen mit einer anderen Frau und zwei netten Kindern noch mehrere Male mit der *Ceres*. Das Mädchen aus dem Fischereihafen fuhr jeden Tag in beiden Richtungen, denn sie wohnte in dem einen Ort und arbeitete in der Konservenfabrik in dem anderen Ort. Im März des nächsten Jahres, als es immer noch heftig stürmte und Eis auf dem Sund trieb, bekam die Frau ein Kind, genauer gesagt, einen Jungen. Dieser Bursche, der nach seiner Mutter Henningson und Rutger nach Gott weiß wem genannt wurde, fuhr häufig mit der *Ceres*. Sommer wie Winter trug er eine schwarze Schirmmütze und einen dunkelblauen Wollanzug und verwahrte seine Schulbücher in einem schmutzigbraunen Rucksack. Nachdem er sechzehn geworden war, verschwand er und zeigte sich danach nur noch ein einziges Mal auf der *Ceres*.

Im sechsundfünfzigsten Jahr hatten die Anteilseigner der Reederei, der die *Ceres* gehörte, so viel verdient, daß sie eine gelbe Autofähre mit zwei Dieselmotoren kauften und sie zwischen den beiden Fischereihäfen einsetzten. Die *Ceres* wurde für zwölfhundert Kronen an einen Schiffer verkauft, der Andersson hieß.

Dieser Andersson war im großen und ganzen ein gutherziger Mann, der eine ganze Menge vom Alkohol hielt. Er strich die *Ceres* weiß an – vorher war sie in Abständen in immer dunkleren Schattierungen gefirnißt worden –, schaffte sich danach ein Grammophon an und veranstaltete zum Vergnügen der Sommergäste Mondscheintouren mit Tanz auf dem Vordeck. Er nahm so viele Passagiere an Bord, wie mit ihm fahren wollten, und kümmerte sich ansonsten um so gut wie gar nichts.

Bei einem dieser Ausflüge geschah ein ärgerlicher Vorfall. Ein Passagier aus Stockholm beklagte sich darüber, daß seine Dame beim Versuch zu tanzen, einen Ohrring verloren hatte, der vom Deck durch eines der Speigatten ins Wasser gefallen und im Meer versunken war. Andersson zuckte mit den Schultern und stellte Zementkisten vor die Speigatten. Bei der nächsten Fahrt war Andersson betrunken und nicht klar bei Sinnen. Er verließ auf Wunsch den Schärengürtel, damit ein Fähnrich aus Skövde Gelegenheit bekam, einer kichernden Verkäuferin aus Mjölby den schimmernden Mondstreifen über der Wasserfläche zu zeigen. Andersson steuerte nachlässig und bekam einen Brecher von Backbord über den Bug. Das Vordeck stand bis an die Reling voll Wasser, und weil die Speigatten versperrt waren, konnte es nicht ablaufen. Die Tür zum Fahrgastraum konnte wegen des Wasserdrucks von außen nicht geöffnet werden. Aus diesem Grunde konnte das Wasser sich nicht im Schiff verteilen. Die Passagiere, die bis dahin auf dem Vordeck getanzt hatten, standen bis zu den Hüften im Wasser und gerieten in Panik. Das Malheur beeinflußte die Schwimmfähigkeit der *Ceres* nicht, aber als das Vorderschiff durch das Gewicht hinuntergedrückt wurde, hob sich das Achterschiff so weit, daß sich der Propeller über der Wasserfläche befand. Die *Ceres* war manövrierunfähig und trieb hilflos auf eine Schäre eine Kabellänge in Lee zu. Andersson wurde von dem Schock stocknüchtern, wußte sich aber nicht zu helfen. Ihm war klar, daß er fünfzig Personen zuviel an Bord hatte, daß die Schwimmwesten nicht reichen würden und daß das Schiff beim Aufprall auf die Schäre unfehlbar in Stücke geschlagen werden würde. Er wußte auch, daß er keine Möglichkeit mehr hatte, irgend etwas zu unternehmen, ja daß er nicht mal auf das Vordeck hinauskam, wie gern er das auch gewollt hätte. Die Schäre war niedrig und durchbrochen, wie ein türkischer Halbmond geformt, und die *Ceres* trieb durch die Brandung in die schmale Lücke und legte sich in der Lagune sachte zur Ruhe. Nach einer Weile gelang es Andersson, die ehemals tanzfreudigen Fahrgäste dazu zu bringen, das Vordeck auszuschöpfen, und danach konnte er die Fahrt nach Hause antreten. Aber er selbst und sein Boot hatten das Vertrauen der Kunden verloren.

Rutger Henningson kam wieder nach Hause . . .

... er nannte sich Direktor und hatte viel Geld. Und schließlich wird er neben anderem auch die altersschwache «Ceres» kaufen, um sie zum Transport von Abfall einzusetzen.

Nicht gerade ein Romantiker, der Herr – immerhin ist er auf diesem Boot gezeugt worden, unehelich, ein Leben ohne Vater... Aber er wäre wohl auch nicht zu Geld gekommen, wenn er von einem besseren Leben nur geträumt hätte.

Im Jahr darauf machte Andersson pleite, und die *Ceres* wurde von seinen Gläubigern übernommen.

Um die gleiche Zeit kam Rutger Henningson wieder nach Hause. Er nannte sich Direktor und hatte viel Geld, eine Yacht und eine Frau mit ausländisch klingendem Namen. Er kaufte die Konservenfabrik, modernisierte sie, gab den Leuten aus der Gegend Arbeit und sorgte dafür, daß der Ort zu Geld kam.

Die nächsten zehn Jahre lang unternahm die *Ceres* im Sommer vorsichtige Mondscheinfahrten ohne Tanz und garantiert innerhalb des Schärengürtels. Während der Wintermonate transportierte sie Fischkästen von einer großen Holzfabrik oben an der Küste zu den Fischereihäfen weiter im Süden. Einmal steuerte sie ein sechzehnjähriger Rudergänger an der flachen Seite eines Seezeichens vorbei, aber die *Ceres* hob sich in der Dünung und rutschte über die Untiefe, zurück blieb nur eine kleine Schramme am Schiffsrumpf. Als sie siebenhunderttausend Kisten transportiert hatte, ohne daß auch nur eine einzige davon verlorengegangen war, unterschrieb die Holzfabrik einen Vertrag mit einem LKW-Spediteur. Etwa zur gleichen Zeit verschwanden die letzten Schärgartendampfer, und die Mondscheinfahrten wurden von schnellen Motorbooten übernommen, die aussahen wie schwimmende Misthaufen oder plattgedrückte Glasveranden.

Die *Ceres* wurde gegen eine symbolische Zahlung an Andersson übergeben, der nun alt geworden war und allgemein Mitleid erregte. Einige Sommer lang unternahmen sie gemeinsam Angelausflüge und Rundfahrten für Vereine und Reisegruppen. Aber mit der Zeit kam das immer seltener vor. Im Sommer 1963 machte sie ihre letzte Reise. An Bord war eine Schulklasse, die zu den Väderöar wollte, um sich den Leuchtturm, die Lotsenstation und die Papageientaucher anzusehen. Andersson ging sehr umsichtig zu Werke, denn er wußte, daß er im Laufe der Zeit einen nicht geringen Teil der Rettungsausrüstung unter der Hand verkauft hatte, und auch weil ihm klar war, was er im Laufe des letzten Jahres für den Unterhalt des Schiffes aufgewendet hatte, nämlich gar nichts. Die Fahrt dauerte vier und eine halbe Stunde in jeder Richtung, es herrschte gutes Wetter, und die *Ceres* tuckerte munter voran; ruhig und gleichmäßig. Von den zweiundvierzig Kindern und den zwei Lehrerinnen wurde niemand seekrank.

Am Abend kam Direktor Henningson zusammen mit Andersson an Bord. Es entspann sich das folgende Gespräch:

«Aha, Andersson, Sie wollen das Boot also verkaufen, habe ich gehört.»

«Ja. Ich schaffe es sozusagen nicht mehr länger, und die Pension reicht nicht hinten und nicht vorn.»

«Für Kautabak und Schnaps, meinen Sie?»

«Stimmt, *Picanell* ist so sauteuer geworden.»

«Kautabak ist eben was für die reichen Leute. Müssen sich eben verdammt noch mal an das Priemen gewöhnen, Andersson.»

«Aber dies ist wirklich ein feines Schiff.»

«Ach, Andersson, Sie wissen doch genausogut wie ich, daß dies das verrottetste Boot ist, das wir beide je zu Gesicht bekommen haben. Außerdem ist es völlig vergammelt und ausgeleiert und reif zum Abwracken. Es ist eine Schande für den ganzen Hafen.»

«Aber, Herr Direktor, Sie haben doch gesagt...»

«O.K., ich kaufe den alten Kahn, unter der Voraussetzung, daß ich niemals mehr etwas von Ihnen hören werde, Andersson.»

«Für fünfzehnhundert?»

«Das nicht, aber tausend Reichstaler werde ich bezahlen. Wollen Sie die jetzt gleich haben?»

«Ja, danke, Herr Direktor.»

«Das ist ja wohl das mindeste, was Sie dazu sagen können, Andersson.»

«Darf ich mal etwas fragen? Was wollen Sie mit dem Schiff machen, Herr Direktor?»

«Wir müssen damit anfangen, den Abfall weiter draußen abzuladen. Wir lassen das Deck abreißen und verwenden das Boot als Schute. Im übrigen sind die Sitzbänke wohl das einzige, das noch was taugt. Ich werde sie im Waschraum des weiblichen Personals aufstellen lassen.»

«Darf sie den Namen behalten?»

«Ja. Bis morgen. Dann wird sie zur ... lassen Sie mich überlegen, ich habe bereits vier solcher Kähne gekauft ... der hier wird also AP-5. AP heißt Abfall-Prahm.»

Sie gingen ihrer Wege.

Sechs Stunden später platzte das durchgerostete Abflußrohr der Toilette, und die *Ceres* begann sich mit Wasser zu füllen. Zehn Minuten später neigte sie sich nach Steuerbord hinüber, riß die Leinen entzwei und sank auf zwanzig Faden Tiefe.

1963

Kanalfahrt III

Kurz nach Sonnenaufgang hatte der Regen aufgehört, aber die Kühle der frühen Morgenstunde hielt sich noch, und vom Ufer des Kanals wehte eine frische Brise den Duft von Erlen, Weiden und feuchten Blumen herüber.

Es riecht nach Schnecken, dachte er und dann überlegte er, daß er das so aufschreiben müßte, hier und gerade jetzt, denn so empfindet man das ja, aber man schreibt in einem Liebesbrief nicht, daß es nach Schnecken riecht.

Kleine Schnecken nur, dachte er, solche mit schwarzen und gelben und violetten Häusern, die herauskommen, wenn es geregnet hat, und die sich über die Blätter der Mehlbeerhecken ausbreiten und manchmal Schleimspuren über die geteerten Mauerflächen ziehen. Er hatte sie jetzt seit vielen Jahren nicht mehr gesehen, aber damals vor langer Zeit war es ihm so vorgekommen, als ob dort immer solche Schnecken gewesen waren.

Er hielt den Stift in der rechten Hand zwischen dem Zeigefinger und dem Mittelfinger und klopfte mit der roten Hülse leicht auf das Papier, während er durchlas, was er geschrieben hatte.

Er konnte nicht besonders gut schreiben.

Du meine kleine Geliebte!
Ich habe Dich so lieb. Es hat fast den ganzen Weg von Köping hierher geregnet, aber jetzt hat es aufgehört, und ich hoffe, daß wir in Kållandsö besseres Wetter haben, denn dann geht es schneller mit dem Entladen. Vilford und ich mögen den neuen Kerl ganz gern, und nach einigen Reisen wird er sich bestimmt gut machen. Ich bin unseretwegen so sicher und glaube, daß wir recht haben, und wir werden es schaffen, auch wenn alle anderen Menschen auf eine andere Weise leben als wir, so scheint es jedenfalls. Wir sind...

Er preßte den Daumennagel auf den Druckknopf und spielte gedankenverloren mit dem einfachen Mechanismus des Stiftes. Dann öffnete er das Fenster zum Steuerstand und sagte:

«Halt hier etwas mehr nach Backbord. Da an der Kante ist eine verdammt starke Strömung, merk dir das. Gegenhalten, noch ein bißchen, ja so.»

Er schloß das Fenster, legte den Haken um, schwenkte auf dem Drehsessel ein wenig herum und betrachtete die eingerahmte Fotografie, die an dem Schott neben der Tür hing.

Kanalfahrt III war kein großes Schiff und auch nicht schön anzusehen, aber sie war sein Eigentum. Sie war dreißig Meter lang und sechs Meter breit, genau den Maßen der Schleusen angepaßt, und hatte eine einzige Luke im Vorschiff und einen kurzen, kräftigen Mast an der Hinterkante der Back. Früher hatte sie mit ihrem hohen Schornstein nicht so komisch ausgesehen, aber dann hatte er sein Geld zusammengekratzt und einen Säfflemotor gekauft, und bei dieser Gelegenheit hatten die Kerle auf der Werft sozusagen nebenbei den Schornstein gekappt und eine eigentümliche kleine Blechkappe angebracht, die sich schamvoll hinter der Brücke versteckte. Deshalb sah sie jetzt unförmig aus; der Ingenieur auf der Werft nannte das Logik. Aber egal, er hatte sie auch so sehr gern.

In der Kabine gab es noch eine weitere Fotografie. Die stand auf dem Tisch, und darauf war eine Frau zu sehen. Als er jetzt auf das Bild blickte, kamen ihm ihr gewölbter Bauch, der Druck ihrer Hacken an seinen Hüften und ihre Brustwarzen, die groß und braun und fröhlich waren, in den Sinn. Er hatte sie sieben Tage lang nicht gesehen. Als er darüber eine Weile lang nachgedacht hatte, erhob er sich halb und warf einen schnellen Blick durch die Fensterscheibe, über die Schulter des Kochlehrlings hinweg, setzte sich dann wieder hin und starrte weiter auf das Foto mit dem Schiff. Auf dem Bild war er selbst zu sehen, draußen an Backbord auf dem Brückendeck. Er legte den Stift schräg auf den halbfertigen Brief, ging hinaus und stellte sich auf das Brückendeck an Backbord.

«Wann werden wir an der ersten Schleuse sein?» fragte der Kochlehrling.

Er stützte sich mit den Unterarmen auf die feuchte Reling der Brücke und schielte nach hinten auf das Schilf, das sich im Sog des Schiffes hin und her bewegte. Viereinhalb Knoten war eine gemütliche Geschwindigkeit, wenn so wenig Fahrt auch nicht gerade ökonomisch genannt werden konnte.

«In einer Viertelstunde», antwortete er, ohne aufzusehen.

Kanalfahrt III drehte nach Steuerbord und kam dem Ufer ein wenig zu nahe, aber der Bursche war gelehrig und hatte aufgepaßt, er steuerte gegen, und Vilford kam mit der Schirmmütze, tief ins Gesicht gezogen, den Niedergang herauf. Vilford roch nach Kaffee und feuchter Wolle, er räusperte sich und spuckte über die Reling.

«Spuckst du nach Luv?»

«Wo ist denn auf dieser verdammten Landstraße überhaupt Luv?» knurrte Vilford.

«Du bist früh aufgestanden.»

«Morgenstund hat Gold im Mund», brummte Vilford vor sich hin.

Jetzt sahen sie die Schleusen, der Kanal verlief schnurgerade zwischen dem Erlengebüsch.

«Ich habe mir gedacht, daß du vielleicht an Land willst, während wir durch die Schleusen gehen», schlug Vilford vor.

Achteraus bog sich das Schilf im Sog. Eine Seerose hob und senkte sich. Wie das Küken einer Eiderente. Es roch immer noch nach Schnecken, schwach und säuerlich.

«Das lohnt sich eigentlich nicht. Es dauert nur eine Stunde, in höchstens einer Stunde sind wir durch. Und ich brauche eine Viertelstunde, um da raufzugehen, und auch eine Viertelstunde, um wieder zurückzukommen. Das lohnt sich einfach nicht.»

«Ich dachte nur, du willst dem Jungen mal guten Morgen sagen», wandte Vilford ein.

Kanalfahrt III lag beinahe still in dem Bassin unterhalb der Schleusen. Sie schaukelte leicht in dem trüben Wasser, und unter dem Achterschiff wirbelte der Propeller gelbgraue Wolken aus dem Bodenschlamm hoch.

«Von oben kommt ein Passagierdampfer», stellte Vilford fest.

«Ich glaube, es ist die *Diana*. Das dauert mindestens zwei Stunden, das hier. Also bevor wir oben sind.»

Hoch oben sah man jetzt die Mastspitze des Fahrgastschiffes mit einem Scheinwerfer und dem Wimpel der Reederei. Die Treppe bestand aus fünf Schleusen, und zusammengenommen ergab der Höhenunterschied sechsunddreißig Meter.

An Land stand ein Kiosk, in dem die Dollartouristen Souvenirs, Eis und farbige Postkarten kaufen konnten. Durch die Bäume schimmerten gelbe und weiße und beigefarbene Holzhäuser, die unregelmäßig auf dem grünen Hang verteilt waren.

«Haben die Sommerferien schon angefangen? Ich meine in den Schulen?»

«Woher soll ich das denn wissen», antwortete Vilford.

«Zwei Stunden wird's sicher dauern.»

«Ja», bestätigte Vilford.

«Lust hätte ich ja schon, irgendwie. Komisch eigentlich.»

Darauf gab Vilford keine Antwort. Der Kochlehrling war an Land gesprungen, auf den gepflasterten Beckenrand, und wollte festmachen.

«Nicht da», wies Vilford ihn an, «an den nächsten Poller.»

«Bringst du sie rauf?»

«Na klar», versprach Vilford.

Als er durch die schmalen Holztüren ging, blickte er sich nach der *Kanalfahrt III* um, die im Schleusenbecken bereitlag. Vilford stand draußen vor der Brücke an Backbord, mit den Unterarmen auf die Reling gestützt, und starrte nach unten. Das Wasser plätscherte aus den undichten Fugen des Schleusentores. Sonst war es völlig ruhig.

Der Fußweg führte im Zickzack den Hang hinauf; das Gras war feucht und hoch, und der Duft vom Tau und den Blättern um ihn herum nahm ihn ganz gefangen. Während er so dahinschritt, dachte er an die Schnecken und den Brief.

An dem gelben Giebel vom Häuschen des Schleusenwärters bog er ab und folgte einem weißen Lattenzaun, dabei fiel ihm auf, daß der früher mal braun gewesen war. Am Gartentor blickte er sich um und sah unter sich ein Stück der Aufbauten mit dem Rettungsboot zwischen den Baumkronen schimmern. Er schob das Gartentor auf und strich im Vorbeigehen mit der Hand eine Reihe von glänzenden runden Wassertropfen von dem obersten Holzbrett. Dann schritt er den Kiesweg entlang und die Holztreppe am Giebel hoch, und auf dem Weg bemerkte er einiges, das er wiedererkannte, und verschiedenes, das ihm neu war. Er klopfte an die Tür, drei kurze Schläge mit dem Knöchel.

«Komm rein», sagte sie.

Sie war barfuß, in weißen Holzbotten, und trug ein blaues Baumwollkleid. Das blonde Haar war kurzgeschnitten, und die Falten von den Nasenlöchern hinunter zu den Mundwinkeln waren tiefer geworden. Ansonsten hatte sie sich nicht verändert.

Sie war dabei, den Küchentisch mit einem hellroten Plastikschwamm abzuwischen. Auf der blanken Geschirrspüle standen zwei schmutzige Tassen, eine größere und eine kleinere. Auf dem Kühlschrank stand die Butterschale, der Honigtopf und eine Schale mit braunen Zwiebäcken.

«Hab dich lange nicht gesehen.»

«Wir fahren selten diese Strecke.»

Sie drückte den Schwamm aus und legte ihn hinter den Wasserhahn. Dann sagte sie:

«Setz dich doch, du siehst müde aus.»

Er ließ sich am Küchentisch nieder und beobachtete sie, wie sie die Tassen ausspülte und sie umgekehrt auf die Spüle stellte.

«Ist Rolf zu Hause?» fragte er.

«Nein, er ist mit Kenneth vor einer Viertelstunde losgegangen. Sie wollten angeln gehen.»

«Haben die Schulferien schon angefangen?»

«Na klar, schon vor beinah einem Monat. Heute haben wir den achtundzwanzigsten Juni.»

«Über solche Dinge weiß ich nicht viel», entschuldigte er sich.

«Du erfährst viele Dinge nicht, über die du Bescheid wüßtest, wenn du bei uns geblieben wärst.»

«Du weißt, daß ich das nicht konnte.»

«Ich weiß, daß du das so sagst. Ich habe lange und viel darüber nachgedacht, und ich meine, daß du unrecht hast. Ich habe viel Zeit gehabt, darüber nachzudenken, wie du dir vorstellen kannst. Man hat nämlich viel Zeit, wenn man allein lebt. Du hast mich und unser Kind verlassen, als es gerade in die Schule kam. Du hast Rolf ins Leben hinausgeschickt und unter die Leute in dem wichtigsten Jahr, das ein Mensch in seinem Leben vielleicht mitmacht. Da war er ein Kind, das keinen Vater hatte, und eine Mutter, die nur ein Nervenbündel war. Du hast mich hier sitzenlassen, und ich mußte alles in die Hand nehmen, alles in die Reihe bringen, alles erklären, allen Menschen gegenüber gute Miene machen. Das war nicht recht.»

«Ich tat das einzige, was ich tun konnte.»

Sie drehte sich um und blickte ihn an. Dann sagte sie:

«Entschuldige. Ich wollte nicht wieder so anfangen. Aber ich habe sehr viel darüber nachgedacht. Entschuldige. Jetzt ist es vorbei.»

«Du mußt nicht um Verzeihung bitten.»

«Du hast doch nur wenig Zeit», murmelte sie.

Beide schwiegen. Sie stellte den Honig, die Butter und die Zwiebäcke weg.

«Kommt das Geld regelmäßig, wie verabredet?» fragte er schließlich.

«Ja sicher, danke.»

«Dafür mußt du dich nicht bedanken.»

Sie ging ans Fenster und blickte hinaus.

«Wer schleust durch?» fragte sie.

«Vilford.»

«Aha, du bist also immer noch mit diesem Halbidioten zusammen.»

«Vilford ist in Ordnung.»

«Entschuldige, ich rede nur Quatsch.»

Sie stand am Fenster in ihren Holzbotten, beobachtete ihn aufmerksam und wachsam.

«Ich hoffe, Rolf kommt bald. Wie lange kannst du bleiben?»

«Eine Stunde, vielleicht ein bißchen länger. Ein Schiff kommt uns da unten entgegen.»

«Hoffentlich kommt er noch rechtzeitig nach Hause.»

Sie blickte ihn an und lächelte ein wenig und fuhr sich mit den Fingerspitzen über die Unterlippe.

«Weißt du, er ist so ein prima Junge.»

«So ein prima Kerl», wiederholte sie.

«Du hast ihn ein ganzes Jahr lang nicht gesehen», fügte sie hinzu.

«Nein.»

Er stand auf und ging in der Küche umher, öffnete die Tür zum Wohnzimmer, trat einige Schritte über die Schwelle und kam zurück.

«Du hast es schön hier», stellte er fest.

«Schön!»

Sagte sie mit Nachdruck und fügte schnell hinzu:

«Ich richte mich ein, so gut ich kann.»

Sie schwiegen, und in der Stille ahnte er das Fallen der Tropfen vom Dach und das Vogelgezwitscher.

Sie hantierte an den Vorhängen und den Blumentöpfen und dem Fensterrahmen, so als ob sie eine Beschäftigung für ihre Hände suchte.

«Bist du glücklich?» fragte sie.

«Ja.»

«Richtig?»

«Ja.»

Sie lächelte ein wenig.

«Ich müßte jetzt sagen, daß es mich freut, aber das fällt mir schwer. Entschuldige. Wollt ihr heiraten?»

«Ja. Sobald das mit der Scheidung durch ist. Mit meiner und deiner.»

«Unserer. Das ist doch das einzige, was uns noch verbindet. Eine Scheidung.»

«Und Rolf.»

«Ja», bestätigte sie. «Und ein Kind.»

«Im übrigen sind wir schon so miteinander verheiratet, wie man es nur sein kann, sie und ich.»

Er setzte sich wieder an den Tisch.

«Mit mir bist du auch glücklich gewesen», wandte sie ein.

«Nicht auf die gleiche Art und Weise und nicht so lange.»

«Wie meinst du das?»

«Du darfst nicht wieder anfangen, so zu fragen. Du weißt doch, daß ich darauf nicht antworten kann.»

«Entschuldige.»

Diesmal hörte er es ganz deutlich, die Vögel, das Tropfen und ein Auto weit weg.

«Ich habe mit anderen Frauen geschlafen, während wir verheiratet waren», sagte er, «die ganze Zeit lang. Unterwegs, manchmal auch sonst.»

«Das weiß ich. Ich glaube übrigens, ich habe es auch damals gewußt. So was merkt man.»

«Ja, das merkt man. Am meisten an sich selbst.»

«Ich habe das nie getan.»

«Aber ich.»

«Und jetzt tust du es nicht?»

«Nein. Nie mehr.»

«Und sie?»

«Sie auch nicht.»

«Ich habe das auch nicht getan.»

«Hast du gesagt.»

«Kein einziges Mal.»

«Aber jetzt. Während dieses Jahres?»

«Ja, jetzt habe ich es getan. Was hast du anderes erwartet?»

«Mit wem?»

«Mit zweien, die du nicht kennst. Nur mit einem, den du kennst.»

«Aha.»

Sie lachte, kurz und hell, einfach freundlich.

«Jetzt kann ich dich jedenfalls ansehen», sagte sie. «Zu Anfang ging es einfach nicht. Ich konnte nicht mal an dich denken und auch an nichts anderes. Ich dachte, ich würde verrückt werden.»

Sie trat vom Fenster weg, und er stand auf und nahm ihren Platz ein. Hinter sich hörte er, wie sie in das Wohnzimmer ging und eine Schublade des Sekretärs aufzog.

Da war das Grün draußen und das bleiche Sonnenlicht und Schwingungen, die vielleicht von draußen kamen, aber vielleicht auch aus ihm selbst.

«Kannst du dich an diese Fotografie erinnern?» fragte sie. «Ich habe sie dieser Tage gefunden.»

«Na klar, das war, als ich auf dem Erzfrachter arbeitete. Muß sechs Jahre her sein.»

«Acht», verbesserte sie. «Damals habe ich noch recht hübsch ausgesehen.»

Er dachte bei sich, daß sie sich kaum verändert hatte.

«Willst du eine Tasse Kaffee und ein Brot haben, während du wartest? Das geht ganz schnell.»

«Du hast wohl schon getrunken.»

«Kann ich noch mal. Das ist beinahe das einzige, was ich kann. Kaffeetrinken.»

Er blickte auf das Foto und dann auf sie und lächelte zum erstenmal, seit er in das Haus gekommen war. Sie bewegte sich schnell und sicher, und die Holzbotten klapperten nicht, wenn sie hin und her lief.

An der Wand über dem Kühlschrank hing ein Teppich, den sie offenbar selbst gestickt und aufgehängt hatte.

Sie schob den Kaffeetopf rüber, stellte den elektrischen Herd an, legte ein blau-weißes Tuch über die Resopalplatte auf dem Tisch und deckte ihn mit Tassen, Brot, Zucker und Käse.

Dann hatte sie nichts mehr zu tun. Sie trat einen zögernden Schritt auf das Fenster zu und stand nahe bei ihm mit dem Kopf gegen seine Schulter gelehnt.

«Das ist so schön, daß du da bist», sagte sie. «Ich fühl mich so geborgen, auch wenn es nur für eine Weile ist.»

Sie sprach sehr leise.

«Ich weiß wohl, daß vieles auch meine Schuld war», fuhr sie fort. «Ich weiß, daß du nichts dagegen tun kannst, daß es so geworden ist, daß du es so gut gemacht hast, wie du nur konntest.»

Sie stand jetzt sehr nahe bei ihm.

Er spürte ihren Kopf an seiner Schulter und ganz deutlich ihre linke Brust an seinem Oberarm. Er strich mit seinen Lippen über ihre Stirn. Sie bog sofort den Kopf herunter.

Er faßte sie unters Kinn, bog ihren Kopf zu sich hoch und küßte sie.

Sie starrte ihn mit ihren hübschen blauen Augen freimütig an.

Er strich mit der flachen Hand über ihre Schulter, die rechte Brust, den Bauch und ahnte die Leisten und sogar das Haar durch die Unterhose und den Stoff des Kleides.

Ihr Körper war weich und geschmeidig.

Er zog den Rock hoch, fuhr mit der Hand unter das Gummiband des Höschens und streichelte ihren Bauch.

Sie leistete kurz und symbolisch Widerstand und schlüpfte aus ihren Holzbotten.

Sie stand barfuß und breitbeinig auf dem Küchenfußboden, und er streichelte ihre Scheide, die weich und lockend war.

Diese Formulierung fiel ihm viel später ein, im Augenblick war es nur ein Wiedererkennen.

Er trat einen halben Schritt zurück und begann mit der linken Hand ungeschickt das Kleid aufzuknöpfen. Das war nicht einfach. Sie war schon braungebrannt. Sie sahen sich an.

Sie glitt zur Seite. Er knöpfte sich das Hemd auf und öffnete den Gürtel und beobachtete, wie sie sich das Kleid über den Kopf zog, den Slip abstreifte und den Haken des BH öffnete.

Sie war jetzt nackt und lief über den Fußboden.

Sie bewegte sich geschmeidig und sicher, wie eine Katze in der eigenen Wohnung.

Nein, dachte er.

Sie schloß die Küchentür ab.

«Für den Fall, daß die Jungen nach Hause kommen», erklärte sie.

Ganz dicht ging sie an ihm vorbei und streichelte ihn, hastig und spielerisch. Sie stellte die Kochplatte ab.

Das Schlafzimmer befand sich im ersten Stock.

Sie lag auf dem Rücken auf dem Bett, und er war nackt und bereits tief in sie eingedrungen.

Nein, dachte er.

Sie stemmte sich mit den Händen auf die Matratze, hob den Unterleib und schlug die Beine um seinen Rücken.

«Findest du, daß es verkehrt ist?» fragte sie.

«Ja.»

«Eigentlich sind wir ja noch verheiratet.»

Er begann bereits die Veränderungen tief in ihr drin zu spüren, wenn auch noch leicht und flüchtig.

«Ist es lange her, seit du es gemacht hast?»

«Ziemlich.»

«Mach ich es dir richtig?»

«Möchtest du, daß es mir gefällt?»

«Ja, wo wir es jetzt sowieso tun.»

«Also ja. Du machst es mir schön. Unheimlich schön.»

Alle sind sie gleich, dachte er verzweifelt.

Dabei wußte er, daß das nicht stimmte.

Jetzt kam auch er richtig in Schwung. Er war mit ihr zusammen. Sie waren auf dem Höhepunkt, jedenfalls auf dem besten Weg dahin.

«Mit wem warst du im Bett? Von denen, die ich kenne.»

«Mit Vidar Eriksson», antwortete sie sofort. «Aber nur einige Male.»

«War der gut?»

«Kein Kommentar.»

Ihr fielen so leicht die richtigen Worte ein.

«Macht es dir Spaß mit mir?»

«Ja, du machst es prima.»

Dir werde ich es zeigen, dachte er.

Sie rieb sich an ihn, hart und monoton und rhythmisch und sich windend. Es kam ihr. Sie schrie kurz und laut und erstickte selbst den Schrei, indem sie sich in seiner Schulter festbiß.

Dir werde ich es zeigen, dachte er.

Langsam entkrampfte sie sich und ließ die Beine sinken. Sie lag mit den Fußsohlen auf der Überdecke da und hatte ihn immer noch ganz tief in sich drin, lang und hart. Sie lächelte.

Er starrte auf das Linienmuster der Überdecke und fühlte sich kalt und wahnsinnig, wie in zwei Teile gerissen. Er zog sich aus ihr zurück, erhob sich und stand auf dem Fußboden.

«Du bist Spitze», sagte er.

Dir hab ich was vorgemacht, dachte er.

Sie lag ausgestreckt auf dem Bett und blickte ihn unter halbgeschlossenen Lidern hervor unverwandt an:

«Ich muß jetzt gehen», sagte er.

Sie stand auf und kam auf ihn zu. Er sah sie näher kommen. Er konnte nichts tun.

Sie faßte mit aller Kraft seinen Sack, und er ging in die Knie, und sie setzte sich auf ihn und stieß ihn in sich hinein. Dabei hatte sie ihre Füße zwischen seine gestellt und hielt ihn fest, so als ob sie sich selbst erschießen wollte und gleichzeitig alles morden, was sie haßte.

Sie hielt die Augen geschlossen, bis alles vorbei war, dann lokkerte sie den Griff und blickte ihn mit leeren blauen Augen an.

Er war angezogen und stand in der Küche, und sie hatte den Morgenrock eng um ihren fraulichen Körper geschlungen.

«'ne Tasse Kaffee schaffst du wohl nicht mehr?»

«Nein.»

«Schade, daß du nicht auf Rolf warten kannst.»

«Ja.»

«Wann kommst du wieder?»

«Niemals!»

Sie stellte die Kaffeetassen weg.

«Ich wünsch dir, daß euch die Scheiße bis zum Hals steht», knurrte sie. «Dir und deiner kleinen, dreckigen Nutte.»

«Du brauchst nicht zu versuchen, alles kaputtzumachen.»

«Das habe ich doch schon getan», widersprach sie.

«Oder etwa nicht», schrie sie hinter ihm her.

Kanalfahrt III lag in der obersten Schleuse, und die Tore waren bereits offen.

«Mach die Leine da los», rief Vilford.

Sie begannen aus der Schleuse zu gleiten.

«Hast du den Jungen getroffen?» fragte Vilford.

«Nein.»

Er ging in die Kabine, setzte sich, nahm den Kugelschreiber und schrieb den Brief fertig.

anders als sie und gehören ohne Wenn und Aber zueinander ohne Falschheit und Vorbehalt, und so wollen wir weitermachen. Ich bin unsterblich in Dich verliebt, und Du kannst dich auf mich verlassen, das weißt Du. Wir sehen uns heute in einer Woche, allerspätestens. Du bist die einzige, die ich habe und haben will, und ich denke nur an Dich, die ganze Zeit lang. Ich liebe Dich, liebe Dich, liebe Dich ...

Das dauerte nicht mal eine Minute. Er faltete den Brief zusammen, legte ihn in einen Umschlag, schrieb die Adresse drauf und klebte ihn zu. Dann ging er hinaus auf die Brücke und gab ihn dem Kochlehrling.

«Gib den hier auf der Post ab, wenn du in Motala an Land gehst. Vergiß ihn um Gottes willen nicht und denk dran, daß er per Eilboten gehen soll.»

«Geht klar», antwortete der Küchenlehrling.

«Ihr könnt jetzt runter gehen und euch aufs Ohr legen, Jungs.»

Er stand da übers Steuer gebeugt. Der Kanal lag vor ihm, gelbbraun und trüb, und er roch den muffigen Gestank von Schlamm und verfaulten Pflanzen.

1963

II.

Gedicht

Von meiner Anwesenheit
kann ich dich befreien
aber niemals von meiner Sehnsucht
Am Morgen
wird sie über deine Schläfen streicheln
mit heißen Fingern
Am Abend
soll sie sich auf deiner Haut ausbreiten
wie Flammen
klein und schnell

1957

Es wachsen keine Rosen auf Odenplan

Das Zimmer ist ungefähr vier Meter breit und sechs Meter tief, mit Eichenparkett und einer hellen Tapete. Das Licht ist weich und warm, fließend und lebendig, aber draußen vor den Fenstern ist es noch Nacht, und die Häuser auf der gegenüberliegenden Straßenseite sind in dem blassen Licht der Straßenlaterne kaum zu erkennen. In dem Zimmer stehen fünfzehn Möbelstücke: vier Stühle, ein Mahagonisekretär, eine kleine Eichenkiste, zwei Bücherregale, ein großer und zwei kleine Tische, zwei Bodenkissen aus Leder, ein Nachttisch und ein Bett. Außerdem noch ein Grammophon, zwei Strahler und einige Messingkerzenständer mit brennenden Kerzen. An den Wänden hängen Zeichnungen und Gemälde, und Bücher liegen in Stapeln auf den Tischen und auf dem Fensterbrett herum, das aus geschliffenem, graumeliertem Marmor ist.

Es ist ein hübsches und gemütlich eingerichtetes Zimmer, in dem es jetzt ganz ruhig ist. Am Tisch sitzen eine Frau und ein Mann, die gerade miteinander gesprochen haben. Irgend etwas stimmt an dieser Stille nicht, aber es ist schwer zu sagen, was das sein könnte.

Nach einer Weile sagt er: Es hat keinen Zweck, daß wir noch weiter miteinander reden. Wir müssen jetzt schlafen.

Wie spät ist es?

Halb vier.

Du Armer, du mußt müde sein. Geh und leg dich hin.

Er steht auf, knöpft das Hemd auf und zieht es aus. Er hat vor kurzem erst geduscht, und sein Haar ist noch naß. Sie geht hinüber zum Bett und nimmt die Überdecke ab, dreht die Kissen um und schlägt die Decke und das Überschlaglaken auf. Dann geht sie an den Tisch zurück, setzt sich und steckt sich eine Zigarette an.

Er geht quer durchs Zimmer und legt sich nackt aufs Bett, ganz nah an die Wand. Dreht sich auf die Seite, stützt das Kinn auf die Handfläche und blickt sie an.

Nach einer Weile fängt sie an, Gläser und Aschenbecher in die Küche zu tragen. Sie behält die Zigarette im Mund und hält den Kopf schräg, damit der Rauch ihr nicht in die Augen steigt. Sie kommt zurück, geht hin und her über den Fußboden und nagt an den Fingernägeln. Pustet alle Kerzen bis auf eine aus, die sie auf den Nachttisch stellt. Dorthin stellt sie auch einen Aschenbecher, legt die Zigarettenpackung und die Streichholzschachtel dazu. Ab und zu fährt sie sich durchs Haar, das kurz und dunkel und zerzaust ist. Während der ganzen Zeit liegt er still da und blickt sie an.

Sie trägt eine kurze, gestreifte Schlafanzugjacke. Darunter sind ihre Beine lang und nackt, auf ihren Schenkeln hat sie ein paar blaue Flecken. Obwohl sie die Füße etwas schräg aufsetzt und manchmal die Knie zusammendrückt, bewegt sie sich rhythmisch wie ein Tier, ihr Gang ist ein geschmeidiges Gleiten. Als sie ihm den Rücken zukehrt und die Jacke auszieht, stellt er wieder einmal fest, daß ihre Hüften gleichmäßig gewölbt sind, daß der Hintern ziemlich klein und hübsch geformt ist und daß die abfallende Linie von der Achselhöhle zur Hüfte weich, glatt und makellos ist.

Komm und leg dich hin, sagt er.

Sie geht zum Nachttisch und schüttelt eine Zigarette aus der Packung. Als sie sich vornüberbeugt, um sie an der Kerze anzustecken, ist sie ihm so nahe, daß er ihren Duft spürt. Licht bricht sich in dem rotbraunen Haar, das sich zwischen ihren Schenkeln kräuselt. Sie geht hinüber ans Fenster, stützt die Ellbogen auf die Marmorplatte, raucht und blickt eine Weile hinaus.

Keiner von beiden sagt etwas, und nach kurzer Zeit geht sie zum Bett, läßt sich auf die Knie nieder und legt eine Platte auf. Sie stellt die Kerze auf den Fußboden, prüft den Wecker, hebt die Bettdecke hoch und kriecht darunter. Sie liegt auf dem Rücken mit dem linken Arm unter seiner Wange, raucht immer noch, führt die Zigarette an seine Lippen, macht sie dann aber gleich im Aschenbecher aus.

Du schläfst nicht, sagt sie.

Er schüttelt mit dem Kopf.

Du mußt verstehen, daß ich nie mit dir leben kann, so oder so nicht.

Und im Moment?

Das muß reichen. Ich kann niemals jemandem gehören, dir nicht und auch keinem anderen.

Neunzig Sekunden später bumsen sie miteinander.

Er fährt mit der linken Hand leicht über ihren Haaransatz, streichelt ihr Gesicht und den Hals und die Brüste, die weich und nachgiebig sind, mit kleinen, kreisrunden Warzen. Ihr Körper ist trocken und glatt, warm wie ein vom Wasser abgeschliffener Stein im Sand nach einem sonnigen Tag. Als seine Finger ihre Hüften liebkosen, die Leistenfalten entlang und durch das schüttere, krause Haar fahren, spürt er ein leichtes Vibrieren ihres Körpers. Sie wendet sich ihm halb zu, bewegt ihre Hüften und die Schenkel, so daß sich ihr Schoß ganz sanft und weich und fließend öffnet. Er streichelt sie zwischen den Beinen, läßt die Finger umhergleiten und hinein. Sie ist gewölbt und unschuldig und kommt ihm entgegen. Sie streicht mit den Händen sachte, leicht und zielbewußt über seinen Körper.

Sie scheinen entspannt und zufrieden zu sein.

Er stützt sich auf die Ellbogen, und sie führt ihn in sich hinein. Läßt ihn tiefer und tiefer sinken, während sie ihre Füße langsam an seinen Schenkeln und Hüften entlang gleiten läßt. Jetzt liegt sie auf dem Rücken, wendet das Gesicht der Wand zu und beißt sich leicht auf die Unterlippe. Ihre Knie lehnen an seinen Oberarmen, und ihr Schoß ist aufgerichtet und nackt und ganz offen. Er hält ihren Kopf zwischen seinen Händen, richtet ihren Blick vorsichtig aus und gleitet mit der Zungenspitze behutsam ihre Lippen und Augenbrauen entlang. Zwanzig unterschiedliche Empfindungen fallen ihm ein, die er ihr in diesem Augenblick vermitteln und von ihr empfangen will, Stück für Stück, und er streichelt langsam und zielstrebig mit offener Hand über ihren Hals, die Brüste und den Bauch, um näher an sie heranzukommen.

Sie zieht die Beine weiter nach oben und tastet mit schnellen Fingern nach ihm.

In diesem Augenblick bricht er zusammen und fällt über ihr ganz und gar um, mit den Handflächen unter ihr. So liegen sie da und lassen ihre Geschlechtsorgane gegeneinander arbeiten, mit ständigem Tempowechsel, weich und hart, schnell und langsam und ausdauernd.

Die ganze Zeit über spricht er mit ihr, sagt ihr etwas, er weiß nicht genau, was, aber er ist sich sicher, daß er jedes Wort auch so meint.

Sie antwortet kein einziges Mal, aber als es ihr kommt, wirft sie den Kopf hin und her, streckt den Hals und sagt ein einziges Wort:

Ja.

Die Bogenlinie steigt, und sie zieht die Beine herunter und preßt sie zwischen die seinen. So liegt sie da, platt auf dem Rücken, die Arme und die Handflächen ruhen sich auf der Matratze aus, und er pumpt sie mit Hingabe und fließender Sehnsucht voll, und sie sagt ihr letztes: Ja.

Die ganze Zeit über hat er in ihren Armen gelegen, ihr völlig ausgeliefert und irgendwie passiv in seiner hilflosen Kapitulation.

Ihr Brustkörbe sind schweißnaß, und sie wissen nicht mit Sicherheit, wessen Schweiß das ist, und die behaarten Flächen um ihre Geschlechtsorgane herum sind feucht und zusammengedrückt. Als er sich von ihr herunterhebt, um die Decke vom Boden aufzunehmen, fährt er mit offenem Mund über ihren Bauch und begräbt sein Gesicht zwischen ihren Beinen. Nicht lange, vielleicht nur zehn oder fünfzehn Sekunden. Sie lächelt und blickt ihn mit hellen, klaren Augen an, vertrauensvoll und beruhigend.

Dies war ein Standardbeischlaf, gut und schön und für beide befriedigend, aber in keiner Weise außergewöhnlich für einen von ihnen.

Sie müßten jetzt schlafen oder weitermachen. Aber nichts dergleichen geschieht.

Zwanzig Minuten später ist die Stimmung endgültig auf dem Nullpunkt angelangt. Sie liegt auf der Seite, hat ihm den Rücken zugewandt und läßt einen Arm auf den Fußboden hängen. Er läßt sie die ganze Zeit lang nicht einschlafen und weiß dabei doch ganz genau, daß er einen Fehler macht. Sogar zu sich selbst sagt er tonlos, so daß sie es nicht hören kann: diese verdammten nächtlichen Gespräche. Ich weiß doch, welches Risiko die mit sich bringen. Wer wüßte das besser als ich? Und trotzdem, laß uns das jetzt erledigen, ein für allemal.

Dies hier ist die Konsequenz aus dem Gespräch vorher, jetzt aber verhärtet bis an die Grenze des Ertragbaren. Das ist das Unglück. Das ist die Minute der Wahrheit. Nach einer weiteren Viertelstunde hat das Gespräch seinen Tribut gefordert. Sie sitzt nackt im Bett und raucht, nervös und verzweifelt.

Du weißt doch, daß ich nicht kann. Verstehst du denn nicht, daß ich nicht kann. Was verlangst du von mir?

Man kann immer füreinander dasein.

Ich habe dir doch von Anfang an gesagt, daß ich das nicht kann. Muß ich dir denn sagen: Ich mag dich, aber ich habe dich nicht lieb. Ich mag dich sogar sehr gern, und ich finde es prima, mit dir ins Bett zu gehen. Aber wie gesagt, ich liebe dich nicht.

Du hältst unsere Verbindung also für aussichtslos?

Ja, ganz und gar aussichtslos.

Ich halte nichts von aussichtslosen Geschäften. Mit anderen Worten, es wäre das beste, wenn wir jetzt und hier einen Punkt machen.

Ja, jedenfalls wenn du kommst und Ansprüche an mich stellst, für deren Erfüllung mir alle Voraussetzungen fehlen. Du kommst und willst mich ganz für dich allein haben, und dann wirst du eifersüchtig. Du wirst immer sehr viele Gelegenheiten haben, eifersüchtig zu werden.

Wenn ich jetzt gehe, komme ich nicht wieder.

Nein. Geh, wenn du willst.

Entschuldige.

Sag nicht Entschuldigung. Es ist meine Schuld. Irgendwas habe ich falsch gemacht. Aber ich begreife nicht, warum das gerade jetzt sein muß.

Weil es besser ist, das Eisen zu schmieden, solange es heiß ist. Es wird nämlich immer auf das gleiche hinauslaufen, wenn es nicht sogar schlimmer wird. Und du sagst doch selbst, daß es aussichtslos ist, nicht wahr?

Ja. Ich mag dich, aber ich kann ohne dich leben, und ich will mich nicht selbst betrügen. Ich kann allein sein, ich brauche nichts und niemanden. Ich habe Angst vor so was. Dann traue ich mich nicht weiterzumachen. Es ist wohl das beste, wenn ich mich an Menschen halte, die genauso sind wie ich selbst.

Aber ich will bei dir sein.

Nein. Wir haben alles völlig zerredet. Es ist kaputt.

Kann man so eine Geschichte, wie die von dir und mir, kaputtmachen, nur weil man darüber redet?

Ja.

Gleich danach legt sie sich hin und rollt sich in die Decke ein. Er fragt: Sehen wir uns morgen?

Ich ruf dich an.

Drei Minuten später hört er, daß sie schläft. Er zieht sich an. Pustet die Kerze aus. Stellt den Plattenspieler ab. Geht. Zieht die Wohnungstür hinter sich zu, ganz vorsichtig.

Er geht langsam die Treppe hinunter.

Sie liegt auf dem Bauch und schläft. Er hat die Decke fest um sie herumgelegt, sie schmiegt sich eng an die Linien ihres Körpers.

In Stockholm gibt es eine U-Bahn-Station, sie heißt Odenplan. Sie liegt im Norden in einem ungewöhnlich langweiligen Stadtteil mit hohen Mietshäusern und langen, geraden Straßen. Im Prinzip besteht sie aus zwei Gleisen, einem Gewölbe und einem Bahnsteig, der einhundertzweiundfünfzig Meter lang ist. Das Gewölbe ist mit blauen Kacheln verkleidet, so ähnlich wie in besseren öffentlichen Toiletten. Und an jedem Ende des Bahnsteigs befinden sich Rolltreppen, die mit Hilfe von Fotozellen gesteuert werden. Die Züge sind grün lackiert. Sie kommen etwa alle zehn Minuten und sind schön, neu und sauber, ebenso wie alles andere da unten, und es liegen keine Papierabfälle oder anderer Schmutz auf dem Bahnsteig herum. Das kommt zum Teil daher, daß die Uhr erst halb sechs ist und das Personal in den frühen Morgenstunden saubergemacht hat.

Um diese Uhrzeit steigen nur wenige Menschen aus den Zügen oder in sie hinein. Sie sind auf dem Wege zu ihren Arbeitsplätzen und bewegen sich schnell und steif und vornübergebeugt den Bahnsteig entlang. Noch sind ihre Augen nicht kalt, sondern nur teilsnahmslos und trübe. Viele haben Taschen bei sich mit leichten Schuhen, einem Strickzeug und ihren Pausenbroten darin, andere haben den Mantelkragen hochgeschlagen und die Morgenzeitung in der Tasche. Einige Meter vor den Wagentüren stecken sie sich ihre Zigaretten an oder machen sie aus, denn in den Zügen darf nicht geraucht werden, und Verbote sind dazu da, daß man sie befolgt. Die Türen arbeiten hydraulisch, mit Dichtungsleisten aus schwarzem Gummi, und wenn sie aufgehen oder sich schließen, hört man nur ein schwaches, unpersönliches Zischen.

Über den Rolltreppen hängen Schilder mit dem Text: *Links gehen, rechts stehen.*

Das ist keine Vorschrift, sondern nur ein guter Ratschlag. Denjenigen, die es etwas eiliger haben als die anderen, soll die Möglichkeit gegeben werden, vorbeizukommen. Die Fahrt mit der Rolltreppe dauert sechzehn Sekunden. Der Höhenunterschied ist nicht sehr groß.

An der Seite befindet sich eine normale, grauweiße Treppe aus imitiertem Marmor, die vorzugsweise von den Müttern auf dem Weg zur Kindertagesstätte benutzt wird. Irgendwann einmal muß ein Kind zwischen Gleitbahn und Stufe der Rolltreppe eingeklemmt worden sein. Ihm wurde der Fuß abgerissen. Einige behaupten, daß das auf Fridhemsplan passiert ist, einer anderen U-Bahn-Station in der Innenstadt.

Außerdem ereignete sich damals, 1933, ein anderes Unglück. Ein Gasometer explodierte in einer Stadt, die Neunkirchen an der Saar heißt.

Oberhalb der U-Bahn-Station liegt ein dreieckiger Platz mit einer Straßenhahnhaltestelle, einigen Bäumen und zwei Kiosken. Weil es Herbst ist, haben sich viele Blätter schon von ihren Ästen gelöst und sind auf den Erdboden gefallen. Sie fallen so schnell und häufig, daß die Leute von der Straßenreinigung nicht nachkommen. Das stellt ein Problem dar, mit dem man bisher nicht fertiggeworden ist.

Vor einer Woche waren Wahlen, und die Plakate der Parteien hängen immer noch überall herum. Alle sind gleich sowohl im Format als auch in der Aussage, Seite an Seite kleben sie auf Hartfaserplatten entlang der Verkehrsinsel mit der Straßenbahnhaltestelle. Es war ein schöner Wahlkampf, bei dem die Politiker sich gegenseitig mit falscher Bescheidenheit und lächerlicher Gediegenheit übertroffen haben. Sogar die äußerste Linke, die Kommunisten, verschenkten in lallender Selbstverleugnung fünfzigtausend Stimmen. Alle sagten übereinstimmend, daß die derzeitige Regierung gut sei, und folglich stimmten die meisten wieder dafür. Niemand wunderte sich über das Resultat, und nur einige wurden wütend.

Das alles hast du im Laufe von einer oder zwei Minuten gesehen, oder es ist dir durch den Kopf gegangen, und du stehst mitten auf dem Platz und hältst die Zeitung in der Hand. Du hast sie in der U-Bahn-Station gekauft, denn die Kioske hier oben öffnen nicht vor halb acht, aber du denkst nicht daran, sie zu lesen oder auch nur einen Blick auf die Überschriften zu werfen. Aber du rauchst, obwohl das gräßlich schmeckt, und wenn du dich räusperst und ausspuckst, ist der Speichel grau und zähflüssig und klebt am Gaumen.

Du gehst hinüber zur Haltestelle und tastest nach der Zeitung. Die ist druckfrisch und umfangreich und faßt sich schön an, und du steckst sie in den orangefarbenen Plastikpapierkorb, der an dem Mast des Haltestellenschildes befestigt ist. Dann gehst du hinüber auf die andere Seite und versuchst zu pfeifen, obwohl du das nicht kannst, und du hast die Hände in die Hosentaschen gesteckt und starrst auf den Erdboden etwa drei Meter vor dir. Der Asphalt ist feucht, dunkel und fleckig, so wie er um diese Tageszeit sein kann, auch wenn es nicht geregnet hat. Während du über die Straße gehst, hörst du ein Auto und sagst zu dir selbst:

Wenn er mich nicht überfahren will, muß er jetzt bremsen.

Du fühlst dich dumm und leer im Kopf, und dein Körper ist federleicht, und du bist sehr einsam. Jetzt in diesem Augenblick findest du das gar nicht so schlimm, aber du weißt, daß ein Tag vor dir liegt und vielleicht eine Nacht und dann noch ein Tag und noch eine Nacht, und weiter wagst du nicht zu denken.

Murmelst: Aber mein Schwitzen liegt daran, daß ich müde bin. Und weil ich zu fett bin. Und weil ich zuviel trinke. Nächste Woche beginne ich mit dem Abnehmen.

Du gehst langsam, mit hängenden Schultern, schlenderst um die nächste Ecke und bleibst eine Weile vor dem Schaufenster eines Antiquariats stehen, ohne nachzudenken oder etwas anzusehen. Gegenüber ist ein Park, du gehst hinüber und wanderst einen der Kieswege unter den schon halb entlaubten Bäumen entlang. Der Park liegt auf einem Hügel und ist völlig menschenleer, denn es ist kalt und rauh, und niemand will hier als Brandwache stehen. Das braucht auch keiner, die Behörden passen auf.

Alles ist vollkommen, ist bestens geordnet. Verflucht.

Es ist gut für dich, daß du die steilen Treppen in die andere Richtung hinuntergehst und auf eine breite Straße kommst mit viel Verkehr und rasselnden Reinigungsfahrzeugen unter den Linden. Du gehst hoch aufgerichtet, machst größere Schritte und schwingst leicht mit den Armen.

Wenn du an das *Jetzt* denken könntest, würde sich zeigen, daß du dich ganz wohl fühlst, das weißt du. Daß du dich behaglich fühlst und befriedigt und vernünftigerweise beinahe glücklich, daß die Nacht schön war, du dich darüber freuen kannst. Vielleicht war sie sogar ein Ereignis, das man im Gedächtnis behält und in ein Album einklebt. Und auch wenn du dich nicht auf eben diesen Augenblick konzentrieren kannst, so müßtest du dir ohne weiteres bestimmte optische Eindrücke und Stimmungen ins Gedächtnis zurückrufen können. Das ist doch gerade erst zwei Stunden her, und du bist immer noch feucht zwischen den Schenkeln und hast ihren Duft im Gesicht und auf den Händen, und du kannst dich sehr gut daran erinnern, wie sie in dem flackernden, weichen Licht aussah. Dagegen kannst du dich nicht daran erinnern, wie sie sich angefühlt hat. Es gibt Dinge, die man immer von neuem erleben muß, die man erst dann erkennt, wenn man sie wieder fühlt.

Der schöne, breite Boulevard endet an einem neuerbauten Zentrum aus Büros und Luxusgeschäften, ein kunstfertiges System aus schiefergepflasterten Plätzen und rechtwinkligen Passagen mit harten, glatten Wandflächen. Dies ist eine Welt, in der man einsam sein kann, kalt und fröhlich und verlogen, und auf eine bestimmte Art und Weise gibt sie dir Kraft.

Als du sie verläßt, wirfst du einen Blick nach oben, auf die fünfundzwanzig Etagen aneinandergereihter, blinder Fensterreihen, und du zuckst mit den Schultern.

Wie soll man eigentlich leben, verdammt noch mal.

Sagst du. Du bist nicht selbst auf diese Redensart gekommen, sondern hast sie irgendwo aufgeschnappt. Aber du findest, daß man sie ganz gut anwenden kann.

Hier direkt neben dem Paradies aus Glas und Stahl und Beton

wird gebaut. Man hat bereits eine sehr große und sehr tiefe Grube ausgehoben, mit schlammigem Boden und rauhen, in den Fels gesprengten Wänden. Du gehst über eine provisorische Holzbrücke und blickst zerstreut durch die Maschen in dem galvanisierten Stahlnetz. Da unten im Schacht sind rote Traktoren und gelbe Bagger zu sehen, rundherum Männer mit Helmen und safrangelben Plastikmänteln. Es sind noch einige Minuten bis zu dem magischen Glockenschlag, und die Arbeiter stehen in Gruppen um ihre Werkzeugwagen und Maschinen herum. Der Abstand ist zu groß, so daß du nicht feststellen kannst, ob sie nur da herumstehen oder ob sie wirklich etwas tun, zum Beispiel rauchen oder miteinander reden.

Im übrigen ist dir recht egal, was da unten geschieht.

Ohne daß es dir bewußt ist, suchst du das Wasser. Wanderst durch schmale Gassen, zwischen dunklen, schiefen Ziegelwänden dahin, über einen Platz mit vielen Menschen und dann durch eine einsame, beinahe entlaubte Parkanlage. Auf der anderen Seite ist das Wasser. Bleich und glatt und milchig mit leichten Schleiern aus dahintreibenden Nebelschwaden. Drüben auf der anderen Seite türmen sich die südlichen Stadtteile auf, undeutlich und zusammengewürfelt und hoch gelegen mit Fenstern, Mauern und senkrechten Klippen, zusammengedrängt unter einer gebrochenen Silhouette aus Schornsteinen, Türmen und schrägen Dachfirsten.

Du gehst am Kai entlang weiter, vorbei an einigen kleinen, schmutzigweißen Dampfschiffen mit rauhen Decksplanken und Rosträndern an den Bullaugen und Speigatten. Wo der Kai aufhört, ist eine Brücke, die zu einer Insel mit Bäumen und gelben Kasernenbauten hinüberführt. Es ist eine alte Brücke, und obwohl die eigentliche Fahrbahn asphaltiert ist, gibt es auf dem Fußsteig noch die alten Bohlen, und zwischen den Spalten sieht man das Wasser.

Mitten auf der Brücke bleibst du stehen, lehnst dich gegen das kalte, feuchte Geländer aus Gußeisen. Kondome, leere Flaschen, halbverfaultes Gemüse treibt in der schwachen Strömung vorbei, und hier siehst du, daß das Wasser dick und schmutzigbraun ist, weil du so dicht darüber stehst.

Ein Matrose auf einem Fahrrad strampelt hinter deinem Rücken vorbei. Dreißig Sekunden lang hörst du das schwache Knirschen der Fahrradkette. Dann sagst du, ohne den Blick von den Gegenständen im Wasser zu heben:

Es gibt Augenblicke und Situationen, in denen man in jeder Hinsicht man selbst ist und wirklich weiß, was man tut, wer man ist und was man will. Manchmal weiß man sogar, daß man recht hat. Auch in einer Zweierbeziehung muß es Augenblicke geben, in denen beide, ohne es zu wissen, gleichzeitig, einen solchen Zustand erleben. Übrigens kann der eine kaum so fühlen, ohne daß der andere es auch tut. Wenn man lernen könnte, solche Augenblicke, solche Zustände sofort zu erkennen... wenn man sie mit absoluter Sicherheit bestimmen könnte... dann würde man sie auch festhalten können. Dann brauchte man keine Angst zu haben. Dann würde man wissen, wie man leben sollte.

Als ob das nicht schon genug wäre, fügst du hinzu:

Wenn ein Mensch wüßte, wie er oder sie leben sollte, würde er oder sie niemals sterben.

Auch wieder so eine Redensart, die du irgendwo gelesen oder gehört hast.

Du bleibst eine ganze Weile stehen, vielleicht eine halbe Stunde. Dann reckst du dich, stellst dich gerade hin, atmest tief ein und ziehst die Zigaretten hervor.

Mitten auf dem Brückengeländer, nur wenige Meter von dir entfernt, ist ein Schmuckstück, eine vergoldene Eisenkrone, dort angebracht, um irgendeinen König zu ehren, der seit langem tot sein dürfte. Du blickst sie an und sagst:

Du machst dich lächerlich. Du weißt ganz genau, wenn du versagst, dann liegt das einzig und allein an dir selbst, niemals an einem anderen. Das liegt an deinem Verhalten und deiner Technik, daran, daß du die falschen Worte sagst und die falschen Dinge tust oder den richtigen Augenblick verpaßt. Daran, daß du eine falsche Methode anwendest.

Wenn du das gesagt hast, machst du kehrt und gehst weg. Du blickst jetzt umher, und manchmal zuckst du mit den Schultern. Die Stadt ist erwacht und voller Geräusche und Unruhe. Sie rasselt, und die Geschöpfe, die sie bevölkern, bewegen sich hin und her, bilden neue Muster und Kombinationen. Du beobachtest die Menschen, die vorbeikommen, und stellst fest, daß sie die normale Mischung aus Männern und Frauen, Kindern und Erwachsenen bilden.

Du bist dir eines Gefühls der Zärtlichkeit bewußt, vage und beunruhigend. (Fünfundzwanzig Minuten, nachdem er die Brücke verlassen hat, bleibt er vor einem Haus in der Innenstadt stehen. Er fummelt mit dem Schlüsselbund herum und schließt die Tür auf, langsam geht er die Steintreppe hinauf. Im ersten Stockwerk bleibt er vor einer Tür stehen, die beinahe im gleichen Augenblick geöffnet wird. Die letzte Raumpflegerin ist auf dem Weg nach draußen. Er nickt ihr zu und betritt die Büroetage, die ihn leer und still und teilnahmslos empfängt. Drinnen in seinem Büro zieht er den Mantel und das Jackett aus, geht um den Schreibtisch herum und zieht die unterste Schublade auf. Er langt nach dem Rasierapparat, Strümpfen und Unterwäsche, gähnt und macht sich auf den Weg zum Waschraum. Dort schließt er die Tür ab, rasiert sich flüchtig und wäscht sich mit kaltem Wasser, besonders sorgfältig das Gesicht und den Bauch. Dann zieht er sich saubere Strümpfe, Unterhosen und seine übrigen Sachen an, schlägt die schmutzige Wäsche in sein Handtuch ein und geht in sein Büro zurück. Im Vorbeigehen nimmt er eine Zeitung aus dem Briefkasten. Er legt das Handtuchbündel in das Schubfach, geht zurück um den Tisch herum und setzt sich in den Besuchersessel, die Füße legt er auf die Schreibtischkante. Schlägt die Zeitung auf, scheint hineinzusehen, gähnt aber bald und legt sie sich aufgefaltet auf das Gesicht. Noch dauert es eine ganze Stunde, bis die Arbeitszeit anfängt.)

Ganz kurz bevor du eingeschlafen bist, hast du dich endgültig entschlossen, was du tun willst. Du wirst in der Telefonzentrale Bescheid sagen, daß sie ihre Anrufe nicht durchstellen sollen. Das geht weiter so heute, morgen, vielleicht die ganze Woche lang. Das ist eine alte Methode, aber sie ist wirkungsvoll. Du hast deine Taktik gewählt.

Du wirst von dem kurzen Telefonsignal geweckt, das dir sagt, daß die Telefonzentrale besetzt ist und der Arbeitstag begonnen hat. Du nimmst die Füße herunter, faltest die Zeitung zusammen und gehst an die andere Seite des Tisches. Sitzt auf dem Schreibtischstuhl, stützt die Ellbogen auf die Unterlage aus Löschpapier und das Kinn auf die Hände. Es sieht sehr ordentlich auf dem Tisch aus. Allerdings viel schlimmer in den Schubladen, überlegst du.

Du blickst auf die Uhr, es ist halb neun. In einer halben Stunde kommt sie an ihren Arbeitsplatz, vielleicht etwas später. Sie hat in der ersten Stunde einiges zu tun. Frühestens um zehn Uhr kannst du anfangen, auf ihren Anruf zu warten.

Bis dahin kannst du einiges erledigen. Du denkst:

Ich bin gut in Form. Ein bißchen müde, aber gelassen und gut beieinander. Jetzt kann ich einiges erledigen.

Du gehst auf die Toilette und trinkst einen Becher Wasser. Kommst in dein Büro zurück und blätterst in deinen Unterlagen. Nach fünf Minuten stehst du auf und gehst hinaus.

Ich bin jeden Augenblick wieder zurück, falls jemand nach mir fragt, sagst du zu dem Mädchen im Empfang.

Die Apotheke liegt nur zwei Häuserblocks entfernt. Schon ziemlich viele Leute da. Du lehnst dich gegen den Ladentisch und pfeifst leise und trommelst mit deiner Nummernmarke auf die Glasscheibe. Als du endlich an der Reihe bist, kaufst du ein Röhrchen Alka Seltzer und gehst zurück, um zwei Ecken, die Treppe hinauf, an dem Mädchen in der Zentrale vorbei, öffnest das Röhrchen, schüttelst zwei Tabletten heraus, verstaust den Rest in der Schreibtischschublade und gehst hinüber auf die Toilette. Du füllst Wasser in einen Pappbecher und beobachtest eine Weile, wie sich die Tabletten auflösen. Das dauert ziemlich lange. Dann trinkst du alles in einem Zug aus, zerknüllst den Pappbecher, wirfst ihn in das Klosett und spülst nach. Gehst zurück in dein Zimmer. Du stellst fest, daß deine Hände schwitzen. Als du deine Handflächen auf die Schreibunterlage legst, bekommt das grüne Löschpapier dunkle Flecken. Du gehst hinaus auf die Toilette, ziehst das Jackett aus, krempelst die Hemdsärmel hoch und wäschst dich langsam und feierlich. Dann kämmst du dich, kontrollierst im Spiegel gründlich das Weiße in deinen Augen, zuckst mit den Schultern und gehst zurück.

Die Uhr ist erst viertel vor zehn. Du sitzt regungslos in deinem Stuhl und wartest, schlägst zerstreut mit dem Lineal auf die Schreibtischplatte.

Überlegst: Na sicher gibt es solche Stimmungen und Augenblicke. Gleichzeitig. Und es wäre absurd, sich vorzustellen, daß sie nur dem einen bewußt werden. Man muß ja zu zweit sein und das gleiche denken, damit so was überhaupt entsteht.

Du bleibst fünfundzwanzig Minuten hinter dem Schreibtisch sitzen und erledigst zwei langweilige Telefonate und eines, das du im Normalfall als nicht ganz unwichtig bezeichnen würdest.

Zwei Minuten nach zehn bekommst du Besuch. Ein Mädchen möchte eine Novelle verkaufen. Sie ist jung, unsicher und schüchtern. Ziemlich hübsch, aber an so was denkst du nicht. Du empfindest sie als sympathisch, liest eine halbe Seite und sagst:

Das scheint ganz gut zu sein. Ich werde es in der Mittagspause mal gründlich durchlesen. Komm gegen halb vier wieder.

Bevor sie geht, fragt sie, wie hoch wohl das Honorar sein würde. Natürlich ist sie pleite.

Du denkst an sie mit Wohlwollen:

Ich habe ihr jetzt eine Freude gemacht. Und Hoffnung. Die Novelle ist gar nicht so schlecht. Ich werde sie kaufen, auch wenn ich es nicht schaffe, sie zu lesen. Dann wird sie sich richtig freuen.

Du ziehst die rechte Schreibtischschublade auf und legst das Manuskript hinein.

Als die Uhr viertel nach zehn anzeigt, kannst du dich nicht mehr länger beherrschen. Stehst auf und sagst der Zentrale:

Ich geh jetzt runter Kaffeetrinken, bin in zwanzig Minuten zurück.

Du sitzt in dem Café und findest, daß der Kaffee gräßlich schmeckt. Du hast es eilig gehabt hierherzukommen, und nun willst du schnell wieder zurück. Ißt nur das halbe Brötchen, schüttest den Kaffee zu schnell hinunter, und dir wird übel.

Wieder zurück, fragst du:

Hat jemand angerufen?

Nein.

(Ein Mann sitzt in dem Besuchersessel.)

Hallo!

Ja, hallo!

Du siehst aber verdammt niedergeschlagen aus.

Findest du?

Du wälzt dich natürlich in Laster und Unsittlichkeit.

Und das sieht man mir an?

Ja, ganz ohne Zweifel.

Verdammt.

Du mußt mir heute ein Alibi verschaffen.

Für wann?

Ab halb vier. Ich will mich mit diesem Mädchen treffen, du weißt schon, um vier Uhr. Du mußt mich mit einem Auftrag losschicken.

Aha.

Du, ich habe eine Idee. Ruf jetzt gleich zu Hause an und frage nach mir. Dann sagst du... na, du weißt schon.

(Du rufst zu Hause an und fragst nach ihm.)

Was hat sie gesagt?

Daß du nicht zu Hause bist.

Hat sie sich mißtrauisch angehört?

Nein, sie vertraut mir.

Wie konnte man nur eine Frau heiraten, die so leichtgläubig ist. Na, dann ist die Sache also klar. Für wie lange gibst du mir das Alibi?

Die ganze Nacht.

Du siehst wirklich schlecht aus.

Das hast du vorhin schon gesagt.

(Das Telefon klingelt, ein völlig belangloses Gespräch.)

Wartest du auf einen bestimmten Anruf?

Absolut nicht.

Dann ist das also der neue effektive Stil? Der mit dem Sturzflug, meine ich.

Ich bin, wie du weißt, immer äußerst effektiv.

Sollen wir runtergehen und Kaffee trinken?

Hab ich schon getan.

Einmal ist keinmal. Du mußt übrigens aus diesem verdammten Zimmer herauskommen.

O. K., gehen wir.

(Also wieder im Café. Sitzen uns an einem der Fenstertische gegenüber. Du stützt die Ellbogen auf der Marmorplatte ab, starrst in die Tasse.)

Du siehst wirklich schlecht aus, was hast du getan?

Nichts.

Warst du heute nacht zu Hause?

Nein.

Ach so!

Was heißt: Ach so?

Ich habe das Gefühl, daß du diese Geschichte falsch anfaßt, die Sache mit dem Mädchen also, wer immer das auch sein mag.

Was heißt falsch anfassen?

Du würdest sonst nicht so aussehen. Setzt du auch wirklich die richtige Taktik ein?

Muß man eine Taktik anwenden?

Was hast du dir denn vorgestellt, was man statt dessen einsetzen könnte?

Mich selbst.

Das ist das gleiche.

Weiß Gott nicht! Ich meine, nur so *sein*. So wie man ist.

Na ja, das wird dann natürlich perfekt. So sein, wie du bist, nicht? Wenn du auf deinen derzeitigen Zustand anspielst, müßte es schon an ein Wunder grenzen, wenn du sie bis morgen halten kannst. Oder spekulierst du auf Hilflosigkeit?

Ich spekuliere auf gar nichts.

Hilflosigkeit ist in bestimmten Situationen ausgezeichnet, aber dann muß sie lückenlos sein. Man muß vollständig erschöpft sein, sich voll und ganz ausliefern. Meinetwegen weinen, ja, das ist übrigens beinahe notwendig.

Ich pflege nicht besonders hilflos zu sein.

Ich weiß das.

Ich glaube ohnehin nicht, daß das hilft. Im übrigen scheiß ich auf alles, was hilft.

Tust du das? Es sieht aber nicht so aus.

Mußt du dich in meine Angelegenheiten mischen? Ich will vielleicht gar nicht darüber sprechen.

Das scheint aber ganz zweifellos recht notwendig zu sein. Bist du ausreichend brutal?

Wann?

Wenn du mit ihr schläfst, verdammt. Brutalität ist außerordentlich effektvoll, besonders zu Beginn, wie du weißt. Außerdem kann man das ja ganz leicht hinkriegen, stimmt's?

Na ja.

Du jedenfalls.

Ja, aber diesmal nicht.

Dummes Gerede. Das ist die sicherste Taktik, die es gibt, und die einfachste. Das übliche Wechselspiel zwischen Gewalt und Zärtlichkeit. Ich wende es auch gerade an.

Aha.

Sitz nicht da und tu so unschuldig. Du weißt das doch ebensogut wie ich, nicht wahr?

Ja.

Na eben.

Aber diesmal nicht.

Warum denn nicht?

Hast du niemals selbst das Bedürfnis gehabt, ganz ungezwungen zu sein, nur dazusein, bei jemandem und für jemanden dazusein, den man sehr gern hat?

Jetzt sitzt du da und faselst, und das weißt du auch.

Ja. Aber ich frage trotzdem.

Was soll ich denn, verdammt noch mal, darauf antworten. Ja, vielleicht. Aber das darf mir nur bei einer passieren, mit der ich zweihundertmal geschlafen habe und von der ich weiß, daß ich jederzeit zurückkommen darf, oder mit einer, die ich niemals wiedersehen will. Sonst ist das nur zu verzeihen, wenn man besoffen ist. Was glaubst du denn, was die Frauen haben wollen? Fünfundsiebzig

Kilo Zärtlichkeit? Ein Paket, das Krämpfe hat? Nur viel Gerede? Man muß doch verflucht noch mal auch ein bißchen an sie denken.

Mm.

Versteh doch eins: ich versuche dir zu helfen.

Ich weiß das.

Wenn man sich überhaupt auf solche Geschäfte einläßt, dann muß man sie auch richtig machen.

Was für Geschäfte denn?

Na, die eine oder andere Geliebte.

Was weißt du schon davon?

Alles!

Aber im Hinblick auf mich?

Ich bin doch nicht blind.

Du begreifst aber gar nichts.

Ich bin weiß Gott nicht von gestern.

Ich begreife ja auch nichts.

Offenbar nichts. Du muß dich jetzt zusammenreißen.

Ja.

Versprich es.

Ja.

Und du weißt, wie es um meine Sache steht? Ich rufe dich an, wenn es brenzlig wird.

Ja.

Wo bist du denn übrigens nach fünf?

Keine Ahnung.

All right. Ich rufe vor fünf an.

Ihr trennt euch vor dem Café, und du gehst zurück. Bleibst am Empfang stehen und fragst, ob jemand angerufen hat. Bekommst ein paar rote Zettel, blätterst sie durch, zuckst mit den Schultern und fragst:

Mehr nicht?

Doch, noch ein Gespräch, ruft wieder an.

War das eine Dame?

Ja, ich glaube es... nein, weiß nicht mehr genau...

Herrgott noch mal, wofür bekommen Sie Ihren Lohn? Etwa dafür, daß Sie nach fünf Minuten schon wieder alles vergessen haben?

Entschuldigung, aber ...

Sie müssen sich angewöhnen, sorgfältig Auskunft zu geben, wenn Sie diesen Job behalten wollen.

Du gehst in dein Zimmer und denkst, daß du jetzt ungerecht warst und nun auch dafür deine Quittung bekommen wirst. Scheiße. Die Uhr zeigt zweiundzwanzig Minuten nach elf an. Du setzt dich auf den Schreibtischstuhl und versuchst, die Zeit totzuschlagen, indem du die Nummern anrufst, die auf den roten Zetteln stehen. Vergiß nicht, der Zentrale Bescheid zu sagen, daß sie deine Gespräche unterbrechen soll, wenn du von außerhalb angerufen wirst.

Als du damit fertig bist und zwischendurch noch einmal auf der Toilette warst, ist es dreizehn Minuten vor zwölf. Jetzt hat sie noch dreizehn Minuten Zeit. Die Telefonzentrale in ihrer Firma macht zwischen zwölf und eins Mittagspause. Du hältst es in deinem Stuhl nicht aus, wenn du den Hörer nicht festhalten kannst, also stehst du auf und gehst auf dem Flur draußen auf und ab. Niemand ruft an. Zufällig kommt dein Chef vorbei. Er ist ein Idiot, das ist dir sogar unter normalen Umständen klar. Er boxt dich in den Rücken, grinst mit seinen großen Pferdezähnen und sagt:

Du siehst ja gesund und munter aus. Schönes Leben hier, was?

Tatsächlich verabscheut er dich, und das weißt du, ebensogut weiß er, daß du es weißt.

Himmel Herrgott, verflucht noch mal.

Sagst du zu dir selbst und gehst hinein und ziehst den Mantel an. Die Uhr zeigt eine Minute nach zwölf an. Die Zeit ist abgelaufen. Eine Chance gibt es noch vor halb zwei. Das Lokal, in dem ihr zu Mittag eßt, jeder für sich, aber am gleichen Tisch.

Im gleichen Augenblick, in dem du das Restaurant betrittst, weißt du, daß du nicht hättest herkommen sollen. Erstens ist sie nicht da, zweitens spürst du schon, daß sie nicht kommen wird, und drittens sitzen schon mehrere Personen, die du kennst, an dem Tisch. Diese Leute haben alle den gleichen gemeinsamen großen

Fehler: In bestimmter Hinsicht gleichen sie dir aufs Haar, oder noch mehr?

Du setzt dich trotzdem hin und beteiligst dich an dem Gespräch. Einer Unterhaltung, bei der es absolut gleichgültig ist, wer was sagt.

Himmel, du siehst schlecht aus. Du mußt anfangen, mehr auf dich zu achten. Hier macht man sich bald Sorgen deinetwegen.

Ja, du mußt besser auf dich aufpassen.

Nimm doch erst mal einen Schnaps.

Fräulein, einen doppelten Fernet Branca, aber 'n bißchen dalli.

Nein, iß jetzt nichts, sonst geht es dir nur noch schlechter.

Mensch, was ich einen Kater hatte, als ich heute morgen aufwachte. Und dann diese Sache mit Karl. Hast du gehört, was Karl passiert ist?

Was denn, ist was mit Karl passiert?

Wenn du nur mal einen Augenblick ruhig wärst, nur einen kurzen Moment. Gestern, als er im Restaurant sitzt und einen nach dem anderen nimmt, fängt sein Zahnfleisch an zu bluten, so was passiert ja hin und wieder. Er nimmt davon keine Notiz, sondern trinkt munter weiter und ist schließlich ziemlich voll, so daß die ihn in ein Taxi setzen und nach Hause bringen. Und als sein Hausdrachen heute morgen aufwacht, ist das ganze Bett voller Blut. Aber Karl ist noch so besoffen, daß er nur dasitzt, vor sich hinstarrt und singt: Guck mal, es blutet, guck mal, es blutet. Da ruft sie mich an, ausgerechnet mich, mit meinem fürchterlichen Kater, und ich liege ganz klein und häßlich zusammengerollt unter meinem Kissen. Ich darf dann hinfahren und das Miststück zum Arzt bringen. Es stellt sich raus, daß eine Ader im Mund geplatzt ist, weil er unter Vitaminmangel litt, und die müssen sie verschweißen, damit die Blutung gestoppt wird. Das kam wie ein Springbrunnen aus ihm raus, nicht nur so das übliche Sickern, wenn man sich die Zähne putzt. Das kommt vom Saufen. Die B-Vitamine verschwinden aus dem Körper, wenn man sich ständig betrinkt.

Gestern war einer da, der hat mir mal was Neues erzählt: Jedesmal, wenn man besoffen ist, sterben zweihundert Gehirnzellen ab.

Mensch, wie eklig.

Dann lösen die sich ab und kommen in die Blutbahn, klein und grau und klebrig. Davon wird man langsam, aber sicher plemplem.

Über so was soll man wirklich keine Witze machen. Überleg mal, in der letzten Wochen innerhalb von nur fünf Tagen sind drei Kerle umgekommen. Drei Männer, die wir gekannt haben. Alle drei wegen des vielen Saufens.

Wie ist Max eigentlich gestorben?

Der Kasten ist geplatzt.

Und das sagst du einfach so... *Der Kasten ist geplatzt.* Das hört sich ausgesprochen hübsch und fein an. Richtig prima, muß ich sagen. Warum mußt du das so ausdrücken?

Weil es stimmt. Ihm tat am Tag davor die Kiste ein bißchen weh, und dann am Morgen setzte er sich einfach auf den Bettrand und spuckte zwei Liter Blut. Das Magengeschwür perforierte, auf ganzer Länge sozusagen. Dann fiel er hintenüber auf das Kissen und war tot.

Nein, jetzt krieg ich aber wirklich einen Kater.

Wie alt war er eigentlich?

Achtunddreißig.

Wie alt bist du?

Also nein, hört jetzt auf, Leute. Könnt ihr nicht von was anderem sprechen?

Du siehst heute verdammt mickrig aus.

Wann kommt denn eigentlich dein Buch heraus?

Nächste Woche.

Dann besteht ja immer noch die Chance, daß es posthum erscheint, aber du mußt dich natürlich beeilen.

Ihr sollt aufhören, sagte ich.

Natürlich gibt es einen Atomkrieg, und der wird nicht so lange auf sich warten lassen, wie die Leute sich das einbilden. Glaubst du denn, die Russen und die Amerikaner investieren Milliarde um Milliarde in die Kernwaffen, wenn sie sie nicht auch einsetzen wollen? Und je länger sie warten, um so effektiver werden diese Waffen, um so verheerender, wie man so schön sagt. Jetzt haben die

Amis schon U-Boote unter dem Festlandeis im nördlichen Eismeer. U-Boote, die Kernwaffen an Bord haben, die innerhalb von einer halben Stunde jeden Punkt in der Sowjetunion erreichen können.

Und die Russen haben ferngelenkte Raketen auf dem Pol.

Raketenstartrampen heißt das. Aber die Amerikaner...

Halt die Schnauze von deinen Amerikanern. Du bist ja, verdammt noch mal, ein Militarist.

Ich rede nur über Tatsachen, die jeder...

Wer sitzt hier und zappelt, daß der ganze Tisch wackelt?

Ich. Aber sitz du selbst erst mal still, dann wirst du sehen.

Nein, nein, ich will doch nur wissen...

Und heute morgen kommt sie schnurstracks auf mich zu und kratzt mir die Augen aus und sagt: Ich habe keine Lust mehr, das Dienstmädchen für einen Säufer zu spielen. Aber da antworte ich ihr: Ich habe keine Lust mehr, der Säufer eines Dienstmädchens zu sein. Und dann gehe ich.

Ein Teil dieser mehr oder weniger hingeworfenen Sätze kam von dir, egal welche das waren. Sie kommt nicht. Sie kommt nicht. Fünf nach halb zwei bezahlst du, stehst auf und gehst. Du grüßt der Reihe nach alle, die am Tisch sitzen. Du kommst gut mit ihnen aus.

In dem Lokal hast du dich schlechter als je zuvor gefühlt, aber draußen auf der Straße geht es dir plötzlich besser. Dein Kopf wird klar, und du überlegst:

Am besten, ich scheiß auf sie. Ich habe einen vergleichsweise interessanten Arbeitsplatz und viel zu tun. Jetzt gehe ich hinauf und setz mich an den Tisch und arbeite. Will sie anrufen, so kann sie das gern tun. Will sie nicht, so muß sie es bleibenlassen. Ich werde sie jedenfalls unter keinen Umständen anrufen. Ich werde jetzt ganz ruhig dasitzen und arbeiten.

Und dann ganz spontan:

Entschuldige, daß ich lüge. Ich hab dich doch so gern.

Zehn Minuten vor zwei bist du wieder in deinem Zimmer, beinahe eine Stunde zu spät. Du hast sechzehn Zentiliter zum Mittagessen getrunken und kaufst auf dem Weg ins Büro eine Schachtel Mentholpastillen.

Einige Leute haben angerufen und werden sich wieder melden. Drei Herren und zwei Damen.

Du setzt dich hinter den Tisch, stopfst dir den Mund voll Pastillen und legst dir einige Akten vor die Nase. Dann sitzt du ganz ruhig da und wartest darauf, daß das Telefon klingelt.

Zwanzig Minuten nach zwei stehst du auf und gehst die Treppe hinunter, um die Ecke und schräg über die Straße. Dort gibt es eine Bar. Du trinkst sechs Zentiliter Wodka mit Tomatensaft und zwei Tropfen Tabasco. Viertel vor drei bist du zurück in deinem Arbeitszimmer. Deine Handflächen und dein Nacken sind feucht vom Schweiß, und du gehst hinaus und wäschst dich.

Dann setzt du dich zurecht, hebst den Telefonhörer ab und versuchst, sie anzurufen, aber du verwählst dich und hast die Zeitansage dran.

Du gehst auf die Toilette.

Drei Minuten nach drei wählst du die richtige Nummer. Die Dame an der Zentrale sagt dir:

Der Anschluß ist besetzt.

Ich warte.

Ich habe hier schon ein Gespräch für sie. So viele kann ich nicht speichern. Seien Sie doch so gut und rufen Sie wieder an.

Wieso sind zwei Gespräche «so viele», verdammt noch mal. Dämliche Gans!

Als du den Hörer aufgelegt hast, ärgerst du dich über dich selbst. Jetzt hast du sogar die Telefonistin gegenüber vergrault und traust dich nicht, noch mal anzurufen.

Du stehst auf und gehst durch die ganze Etage und wirfst einen Blick in jedes Zimmer. Nirgendwo ist jemand, mit dem du reden willst oder kannst, deshalb blickst du nur eben mal hinein, sozusagen, um einfach zu kontrollieren, ob die Leute auch wirklich arbeiten. Alle scheinen das tatsächlich zu tun, außer dir selbst.

Fünf nach halb vier hast du sechs Minuten lang hinter dem Schreibtisch gesessen und merkst, daß du es nicht mehr länger aushältst. Gerade als du aufstehen willst, klopft es an der Tür. Es ist das Mädchen mit der Novelle.

Du bleibst stehen und starrst sie an. Was hat sie hier zu suchen, verdammt noch mal? Was dich betrifft, so würdest du sie gern durch den Fleischwolf drehen und die Wurstmasse den Hunden zu fressen geben, so wie der seelige Menderes es mit den Studenten in Ankara tat. (Ich frage mich, wie der sich vorkam an dem Tag, als er den Befehl dazu gab.)

Sie scheint unschlüssig zu sein und tritt von einem Fuß auf den anderen. Lächelt. Sie ist wirklich recht hübsch. Fragt:

Die Novelle von heute morgen... haben Sie... konnten Sie sie durchlesen?

Du ziehst die obere rechte Schreibtischschublade auf, faßt das Manuskript an einer Ecke an, nimmst es zwischen Daumen und Zeigefinger und legst es auf die Tischkante.

Ja, ich habe sie gelesen, aber leider. Es geht nicht.

Hörst du dich selbst sagen.

Sie ist schon wieder in der Tür, als du deine Güte noch steigerst, indem du vieldeutig und böse hinzufügst:

Unsere Qualitätsansprüche sind wirklich recht hoch...

Du sitzt am Tisch, starrst auf deine Akten und denkst:

Es geht natürlich nicht, daß ich das Fenster aufmache und hinter ihr herrufe.

Das Telefon klingelt nicht.

Murmeln: Ich muß zwei Minuten warten, damit sie wenigstens die Straße hinuntergegangen ist.

Das Telefon ist schwarz und stumm.

Du stehst auf, die Treppe hinunter, um die Ecke, in die Bar. Acht Zentiliter Wodka, Tomatensaft, drei Tropfen Tabasco.

Wie ein Lötkolben erhitzt, gehst du in umgekehrter Richtung: die Bar, die Ecke, die Treppe, das Zimmer. Die Zeit: fünf vor halb fünf.

Denkst: Jetzt rührst du dich nicht vom Fleck. Sie wird wahrscheinlich zwischen fünf vor fünf und fünf anrufen, kurz bevor sie geht. Jetzt sitze ich ganz still und warte. Wenn sie um zwei Minuten vor fünf nichts von sich hören gelassen hat, rufe ich an.

Eine halbe Stunde besteht aus dreißig Minuten, und jede Minute hat sechzig Sekunden. Wenn eine Sekunde lang ist, dann sind achtzehnhundert Sekunden achtzehnhundertmal länger.

Einmal gehst du aufs Klo. Dabei vergehen im Fluge Sekunden, beinahe eine ganze Minute. Auf dem Weg zurück triffst du den Chef, der dich angrinst, dir auf die Schulter klopft und fragt:

Haben wir heute alles geschafft, was wir uns vorgenommen haben?

Nimm die Hand weg, Scheißkerl.

Sagst du und wirfst die Tür hinter dir zu. Du blickst auf die Armbanduhr: sechzehn Minuten vor fünf. Kurz danach: sechzehn Minuten vor fünf. Du hältst die Uhr ans Ohr. Sie geht.

Fünf vor fünf klingelt das Telefon. Dein Herz klopft bis zum Hals. Du hebst den Hörer ab, räusperst dich und sagst mühsam:

Ja.

Schön, daß du noch da bist.

Ach, du bist es.

Na klar, ich habe doch gesagt, daß ich anrufen würde.

Stimmt.

Also, ich sitze im *Goldenen Frieden* mit diesem Mädchen.

Ach so.

Aber ich habe ein Problem. Es hat eine Komplikation gegeben.

Das ist nicht möglich.

Doch, es ist ernst. Am gleichen Tisch sitzt ein Idiot und beleidigt sie. Du kennst ihn, irgend so ein Maler. Wird langsam unverschämt.

Schick ihn doch weg.

Das kann ich nicht tun, ihretwegen.

Dann geh doch selbst und nimm sie mit, verdammt.

Das geht auch nicht. Wir können vor acht Uhr nirgendwo hingehen. Außerdem... das ist 'n bißchen komisch. Ich glaube, sie will nicht mitgehen und ihn allein zurücklassen. Sie kennt ihn offenbar.

Hat er eine Chance?

Gegen mich? Bist du verrückt?

Vielleicht gegen mich denn?

Er ist ziemlich groß. Aber so meine ich das gar nicht.

Was meinst du dann?

Wenn du mal kurz herkommen könntest. Das kann man sicher diskret regeln. Würde mir sehr lieb sein.

O. K., ich komme. Aber wir müssen jetzt aufhören. Ich habe es eilig.

Schön, aber warte noch einen Augenblick, hast du was von zu Hause gehört? Ist alles ruhig?

Soviel ich weiß, ja. Ich komme, aber ich muß jetzt auflegen.

Aber...

Du hast aufgelegt, und deine Uhr zeigt eine Minute vor fünf. Du wählst die Nummer. Es dauert eine ganze Weile, bis die Zentrale antwortet.

Sie spricht gerade.

Ich warte.

Das geht nicht. Wir schalten die Zentrale jetzt ab.

Aber verdammt noch mal...

Tut mir leid, Sie müssen morgen noch mal anrufen. Nach neun.

Klick.

Eiskalt.

Revanche.

Und du, was tust du? Sagst laut und deutlich: Scher dich zum Teufel!

Du stehst auf. Die Beine wollen nicht mehr so recht. Vor allem das linke. Im linken Teil des Brustkorbes hast du einen Motor. Ein Dynamo, der dreitausend Umdrehungen in der Minute macht. Oder mehr. Und nach den Drinks einen faden Geschmack im Mund.

Plötzlich empfindest du eine gewisse Vorfreude auf die Aufgabe, die auf dich wartet. Du ziehst den Mantel an, gehst ohne nach rechts oder links zu sehen durch die Etagentür, schlägst sie hinter dir zu, läufst die Treppe hinunter. Nimmst auf der Straße ein Taxi, bleibst in der Blechlawine hängen.

Sitzt zusammengesunken da, überlegst: Ich rufe sie nach sechs zu Hause an.

Die Leute haben Feierabend gemacht und stürzen nach Hause zu ihren Fernsehapparaten, und mit dem Auto brauchst du beinahe eine halbe Stunde, um zu dem Restaurant zu kommen. Zu Fuß hättest du den gleichen Weg in einer Viertelstunde geschafft.

Die ganze Zeit lang sitzt du regungslos da, starrst apathisch auf den Boden des Autos.

Einige Male brummelst du: Gleich wenn ich da angekommen bin, rufe ich sie an.

Du bist endlich am Ziel, bezahlst den Taxifahrer und betrittst das Restaurant, in dem immer noch Nachmittagsstimmung herrscht und in dem nur wenige Gäste sitzen.

Rechts im hinteren Teil des Lokals sitzen drei Menschen an einem Tisch.

Du nickst ihnen zu und gehst quer durch den Raum zur Garderobe, um deinen Mantel aufzuhängen, und weiter zur Telefonzelle.

Du lehnst dich gegen die Wand, steckst ein Zehn-Öre-Stück hinein, hörst das Freizeichen und drehst auf der Wählscheibe die Nummer.

Drei – Zwei – Drei – Neun – Eins – Fünf.

Es klickt im Hörer, und die Verbindung ist hergestellt.

Nachdem du einen Moment auf die Signale gehorcht hast, drückst du die Gabel runter, nimmst deine Münze aus der Schale und wählst die sechs Zahlen noch einmal.

Ganz spontan denkst du: Man kann sich verwählen, besonders wenn man nervös und ungeduldig ist, außerdem kann man sich auf diese verdammten Apparate nicht verlassen. Es kommt vor, daß sie eine falsche Verbindung herstellen.

Kurz darauf öffnet jemand die Tür einen Spalt, läßt sie aber gleich wieder zuschnappen, und du zuckst zusammen und wirfst den Hörer auf die Gabel.

Du schwitzt und gehst auf die Toilette und spülst dir Gesicht und Hände ab. Während du dich abtrocknest, kommt dein Freund herein.

Er tut so, als ob er pinkeln muß, und sagt:

Schön, daß du kommen konntest.

Wie ist die Lage?

Peinlich. Du mußt zusehen, daß wir diesen Kerl loswerden. Du kennst ihn doch, nicht wahr?

Ein wenig.

Er ist widerlich. Ich hasse ihn.

Aha.

Ein richtig widerwärtiger Geselle. Hast du übrigens gesehen, wie hübsch sie heute aussieht?

Nein.

Sie ist heute wirklich ganz reizend. Alle sind wie die Geier hinter ihr her. Und du solltest mal sehen, was für einen Körper sie hat. Wirklich tadellos gebaut. Wenn ich sie leid bin, mußt du gleich zusehen, daß du an sie rankommst. Sie mag dich nämlich.

Ach ja.

Jetzt muß ich aber zurück an den Tisch gehen, damit nichts passiert.

Was könnte denn passieren? Er wird sich ja wohl kaum mit ihr mitten im Speiserestaurant auf den Boden legen.

Du kannst dir deine ordinären Sprüche sparen. Es reicht schon, wenn er sie anfaßt.

Sie ist doch wohl nicht auf den Mund gefallen. Oder kannst du dich nicht auf sie verlassen?

Kennst du jemanden, der irgendwann so dumm sein könnte, sich auf eine Frau zu verlassen?

Ja, mich selbst.

Du bist wirklich völlig auf den Hund gekommen. Übrigens siehst du verdammt schlecht aus.

Darauf hast du bereits heute vormittag hingewiesen.

Hoffentlich machst du meine Sache besser als deine eigene.

Hoffen kann man immer.

Du weißt, daß ich mich auf dich verlasse. Na ja, ich muß jetzt gehen.

Dann geh doch endlich.

In der Tür zögert er, dreht sich um und fragt ganz hilflos:

Wie soll ich das denn nun machen?

Geh rein und setz dich hin. Ich komme dann bald. Will nur eben noch mal anrufen. Wenn ich mich gesetzt habe, werde ich mich seiner annehmen, und dann geht ihr an einen anderen Tisch. Den Rest mach ich dann schon.

Als du aus der Toilette kommst, ist die Telefonzelle besetzt, du stehst davor und trittst von einem Fuß auf den anderen. Dann überlegst du, daß es eigentlich unsinnig wäre, es so schnell wieder zu versuchen, und gehst in den Speisesaal hinein.

Du kommst an den Tisch, begrüßt alle Anwesenden mit Handschlag und setzt dich. Bestellst einen Whisky und musterst pflichtschuldigst die Frau, die sich stark zurechtgemacht hat und viel Schmuck aus Silber oder Zinn oder Messing oder vielleicht auch Gold trägt. Währenddessen blickt dein Freund dich mit einem selbstbewußten Siegerlächeln an. Ihr Aussehen fesselt dich weniger als das des Mannes in der Garderobe, und dir kommt der Gedanke, daß du, wenn du aufwachen und sie nackt neben dir im Bett finden würdest, mit ziemlicher Sicherheit gleich aufstehen und nach einer noch nicht ganz aufgerauchten Zigarette suchen würdest. Du strengst dich bewußt an, lächelst routiniert und vieldeutig und sagst:

Oh, wie hübsch du heute wieder bist.

Danach blickst du den Störenfried an. Er macht einen groben und schwermütigen Eindruck, außerdem hat er schon einiges getrunken. Sitzt da mit einem Drink vor sich und starrt die Frau an, dumpf und mit finsterer Miene.

Du kennst ihn, wie gesagt, aber nicht sehr gut.

Du kannst ihn überhaupt nicht leiden. Jetzt nicht und hast das auch vorher nie getan.

Du haust ihm auf die Schulter, und er tut das gleiche bei dir. Er ist beinahe so angetrunken, wie du es gleich anfangs vermutet hast.

Dich kann ich gut leiden.

Sagt er und schlürft an seinem Glas.

Ich mag dich auch ganz gern.

Du bekommst deinen Whisky und bist kurz davor, ihn hinunterzukippen, doch dann hältst du inne. Setzt dich so, daß du den Unerwünschten abschirmst und ihn von den beiden anderen wegdrängst.

Dreißig Sekunden später erwähnst du irgendwas von seiner Malerei, und es dauert noch weitere circa eineinhalb Minuten, bis du ihn auf das Thema festgelegt hast. Die beiden anderen stehen auf und setzen sich zwei Tische weiter wieder hin. Darauf reagiert er überhaupt nicht.

Du sitzt da, registrierst die Umdrehungen des Dynamos in deiner Brust und das eigentümliche Ziehen im Zwerchfell und hörst ihm fast gar nicht zu. Begnügst dich mit einem kurzen Satz hin und wieder, von dem du annimmst oder weißt, daß er darauf eingeht.

Die ganze Zeit denkst du daran, daß du gleich hinaus zu der Telefonzelle gehen mußt, aber wenn du ihn allein läßt, nimmt er seinen Stuhl und geht hinüber zu dem anderen Tisch, und dann mußt du von vorn anfangen. Nach einer Weile ertappst du dich dabei, daß du zuhörst, was er sagt:

Im übrigen lebt man nur richtig, wenn man arbeitet, und dann findet man auch, daß es einem gutgeht. Man steht da und malocht und malocht und kann endlos damit weitermachen. Trotzdem hat das auch keinen rechten Sinn. Das ist irgendwie so klein, so armselig. Stell dir vor, zum Beispiel gibt es da welche, denen fallen Sätze ein und die machen so prima Sachen ganz spontan. Ohne daß es ihnen bewußt wird oder oder daß sie in irgendeiner Weise darauf vorbereitet sind. Aber während sie das tun, wird es ihnen plötzlich klar, und dann wachsen sie. Ich erinnere mich an einen Kerl zu Hause...

Im Moment ist er völlig ahnungslos, und obwohl du das gelernt hast und wissen müßtest, daß das überhaupt keine Rolle spielt... und er spricht immer noch:

...stell dir einfach vor, einen kleinen, dreckigen, armen Mann mit krummen Nägeln und Gichtfingern. Kannst du ihn vor dir sehen? Und dann, als er das Spiel nahm...

Du überlegst: Es stimmt genau, daß es gar keine Rolle spielt, weder für ihn oder dich oder die da drüben oder irgendwen anders, und trotzdem bist du dabei, ihn in eine Falle zu locken, und auch wenn die nur ganz klein ist, denkst du nicht daran, ihm eine Chance zu geben.

Und dann: Ich muß jetzt mal raus und telefonieren.

Und dann: Wegen solcher Sache würde sie mich vielleicht verabscheuen, wenn sie davon wüßte.

Und dann: Ist mir jetzt scheißegal.

Und dann: Das ist ein ganz häßlicher Zug, wenn man seine miesen Schwächen bei anderen abreagiert.

Und dann: Ohne Frauen würde es keine Fremdenlegion und keine Schlägereien geben.

Und dann: Keine Kriege.

Und dann: Ich muß jetzt raus und anrufen.

Währenddessen hast du ihn vernachlässigt. Er hat eine Weile vor sich hingesungen, aber jetzt kommt er wieder auf wesentliche Dinge. Starrt auf den anderen Tisch und sagt:

Guck mal da rüber, da sitzt dieser kleine, eklige, feingemachte Fatzke mit dem Mädchen, das ich eigentlich heute mit nach Hause nehmen wollte. Was können wir dagegen tun, verdammt noch mal?

Das Ablenkungsmanöver zeigt keine Wirkung mehr. Die Aufmerksamkeit des Feindes ist wieder auf das zentrale Angriffsziel gerichtet.

Er sagt: Dieser verfluchte Schweinehund nimmt sich die Frau, die ich haben wollte. Guck doch mal, nun sitzt er da, stocknüchtern, aalglatt, hinterhältig und sabbelt sie voll. Ist das nicht niederträchtig?

Du machst dir Gedanken, daß es mehrere einfache Möglichkeiten gibt, mit dieser Situation fertig zu werden. Erstens kannst du alles seinlassen und deiner Wege gehen. Zweitens kannst du sitzenbleiben und ihn ablenken, bis die beiden da drüben verschwunden sind. Drittens kannst du einfach sagen: Mann, du hast heute abend keine Chance mehr, ich weiß das genau, hol dir das Telefonbuch und ruf ein anderes Mädchen an. (Das wäre natürlich...) Viertens kannst du nachhelfen und dafür sorgen, daß er sternhagelvoll wird, schneller als berechnet.

Du fragst dich, wieviel er vertragen kann. Wahrscheinlich ziemlich viel.

Schätzchen, ich brauch dich so sehr!

Sagst du plötzlich, nicht imstande, deine Worte zu kontrollieren.

Was redest du da?

Fragt er und starrt dich an.

Das gibt den Ausschlag. Du wirst keine der Maßnahmen anwenden, die du gerade aufgezählt hast.

Nimm noch 'n Schnaps. Frollein, einen dreifachen Whisky und einen großen Pernod mit Eiswasser.

Du bist verrückt, sagt er. Aber ich mag dich.

Du gibst dir keine Mühe mehr, seine Aufmerksamkeit abzulenken, denkst unablässig an die Telefonzelle und blickst hin und wieder auf die Uhr. Es geht auf acht zu.

Ihr trinkt, und du stellst fest, daß es bei ihm ziemlich schnell geht.

Er starrt zu dem anderen Tisch hinüber und sagt monoton und heiser und weinerlich:

Ich bin scharf. Ich will die Stute vögeln. Ich will sie mitten in die Fotze reinficken. Jetzt gleich.

Du sagst nichts, bestellst mehr Schnaps.

Denkst: Nun ist es schon soweit, daß ich nicht mal mehr betrunken werde, und jetzt will ich telefonieren.

Später steht er endlich auf und geht aufs Klo. Er bewegt sich steif, aber nicht besonders unsicher.

Du gehst ihm sofort nach. Die Leute drängeln sich in der Garderobe, aber die Telefonzelle ist leer. Du lehnst dich an die Wand und steckst das Zehn-Öre-Stück in den Schlitz. Dann wählst du die Nummer.

Drei – Zwei – Drei – Neun – Eins – Fünf.

Rrrrtsch – tut-tut-tut-tut-tut-tut-tut...

Die Nummer ist besetzt. Du schüttelst dich, rein physisch, bleibst lange stehen und hörst dir die schnellen, gehetzten Signale an. Dann drückst du auf die Gabel, nimmst deine Münze heraus, wartest dreißig Sekunden. Wählst wieder die Nummer und hältst den Hörer einige Zentimeter vom Ohr weg. Immer noch besetzt.

Du bist schon wieder durchgeschwitzt.

Du drückst auf die Gabel und schiebst die Tür der Telefonzelle mit dem Fuß ein wenig auf, damit du sehen kannst, wenn er aus der

Toilette kommt. Wartest wieder eine halbe Minute, nimmst die Münze heraus, wirfst sie in den Schlitz, hebst den Hörer ab und drehst die Nummernscheibe.

Der Ruf geht durch. Nach dem fünften Klingeln fängst du an zu zählen. Sechs, sieben, acht... fünfzehn, sechzehn, siebzehn, achtzehn, neunzehn, zwanzig, einundzwanzig, zweiundzwanzig:

Niemand hebt ab.

Du legst auf, nimmst mit zittrigen Fingern das Zehn-Öre-Stück und rufst wieder an. Der Ruf geht durch. Niemand hebt ab.

Ein Verwählen ist ausgeschlossen. Und trotzdem begreifst du gar nichts.

Ist sie zu Hause und hat den Stecker herausgezogen, steckt ihn nur hinein, wenn sie selbst telefonieren will? So was macht sie doch sonst nicht.

Vielleicht schläft sie mit jemandem und will auf keinen Fall gestört werden. Trotzdem, außerdem war dreißig Sekunden vorher noch besetzt.

Du kümmerst dich nicht weiter um eine Erklärung. Später kannst du alles auf deine Müdigkeit schieben oder auf einen Kurzschluß in deinem Denkapparat. Jetzt aber nicht.

Du bist feucht im Gesicht, hast einen trockenen Hals und wischst mit dem Handrücken über deine Stirn. Die ganze Zeit über stehst du da, hast den Hörer ans Ohr gedrückt und hörst es tuten. Du kannst ihn einfach nicht loslassen.

Dann siehst du ihn an der Garderobe vorbeigehen, legst den Hörer auf, verläßt die Telefonzelle und bist in dem Moment bei ihm, als er nach seinem Glas greift. Du faßt ihn am Oberarm, hinderst ihn daran, sich hinzusetzen und hörst dich selbst sagen:

Komm mit, ich will dir etwas zeigen.

Du führst ihn zur Tür, und genau dort bleibt er stehen und blickt zurück.

Stell dir vor, jetzt wird dieser dämliche Kerl meine Stute vögeln. Dabei wollte ich sie doch mit nach Hause nehmen.

Ich weiß, aber komm jetzt mit.

Was willst du denn?

Da fällt dir etwas ein und du fragst: Hast du einen Mantel?

Nein, wieso denn?

Macht nichts. Komm jetzt.

Er folgt dir widerwillig, und ihr geht hinaus auf die Straße, die leer ist und ziemlich dunkel, und du ziehst ihn mit um die Ecke in eine Gasse, die zum Wasser hinunterführt. Du kannst sie der ganzen Länge nach überblicken, und es hält sich niemand dort auf.

Wieso bleiben wir hier stehen? Ich will nicht kotzen.

Er dreht den Arm aus deinem festen Griff, und du versuchst nicht, ihn daran zu hindern.

Verdammt kalt hier. Was haben wir denn hier zu suchen? Ich gehe wieder rein. Du kennst doch den Scheißkerl, kannst du den nicht da wegholen?

Du sollst da nicht wieder reingehen. Du sollst nach Hause oder woandershin gehen. Aber du sollst da nicht wieder hineingehen.

Ganz nebenbei stellst du fest, daß seine Stimme ruhig und sachlich klingt, und du hoffst: Wenn er bloß nicht tut, was er vor hat. Dann weiß ich nicht mehr, was ich machen soll.

Aber er begreift nicht, sondern dreht sich um und versucht, dich zur Seite zu schieben und sagt:

Was redest du für dummes Zeug? Komm jetzt.

Du kontrollierst automatisch die Straße, und eine Sekunde später schlägst du zu, ein kurzer scharfer Schlag mit der Rechten. Er trifft die Stelle genau, rechts vom Nabel direkt unter den Rippen. Er fällt nicht, sondern gleitet an der Hauswand herunter und stützt sich an sie, natürlich gibt er keinen Ton von sich. In diesem Augenblick kann er nicht sprechen. Er würde nicht mal weinen oder wimmern können, selbst wenn er wollte. Im Widerschein der Straßenlaterne siehst du, daß er das Gesicht dir zugewandt hat, es ist weiß und nackt, und er blickt dich verwundert an, obwohl es sehr weh tun muß.

Du schlägst nochmals zu, mit links. Das wäre gar nicht nötig gewesen, und du weißt nicht, warum du das tust, und nimmst kaum wahr, daß du es tust, aber es ist ein sauberer Schlag, berechnet und gut dosiert. Der ist nicht hart, aber du meinst es böse, und er soll den Hals direkt unter dem Ohr treffen. Aber gerade in dem

Augenblick fällt sein Kopf vornüber, du triffst zu weit hinten, schlägst halb vorbei und schrammst mit deinen Knöcheln an der verputzten Mauer entlang.

Er schnauft und übergibt sich an der Hauswand. Nach etwa einer Minute kann er wieder sprechen. Er sagt:

Du bist verrückt. Du bist noch verrückter als ich. Ich hab dich gern.

Er richtet sich auf, schwankt mit dem ganzen Körper, und du trittst einen halben Schritt zurück, um Abstand zu halten. Aber er sagt:

Ich hab gar nicht begriffen, daß du auch hinter dem Weibsstück her bist. Du bist tatsächlich verrückt.

Ja. Und jetzt gehst du, sonst breche ich dir die Finger.

Hörst du dich selbst sagen, ganz ruhig und in normalem Ton.

O. K., ich mach mich auf den Weg. Du bist wahnsinnig.

Dann fügt er hinzu:

Übrigens bin ich sternhagelvoll.

Du bleibst stehen und siehst ihn die Straße hinuntergehen. Von hinten sieht man, daß er wirklich ziemlich betrunken ist. Dir kommt in den Sinn, daß er morgen wahrscheinlich alles vergessen haben wird und daß dir das sowieso völlig gleichgültig ist.

Es ist kein bißchen dunstig, und in der Verlängerung der Gasse sieht man undeutlich die weißen Planken eines Schiffes und das schwarze Wasser, auf dem hin und wieder einzelne flackernde Lichter blinken.

Du fühlst dich kalt und leer, und zum erstenmal seit sechzehn Stunden empfindest du auch etwas, das man Ruhe nennen könnte. Leckst deine Knöchel und gehst in das Restaurant zurück, grüßt im Vorbeigehen jemanden, den du kennst, und setzt dich wieder an den Tisch. Nimmst einen Schluck Whisky und bleibst mit dem Glas in der Hand sitzen.

So sitzt du zwanzig Minuten lang und registrierst, wie alles zurückkommt. Der Dynamo im linken Teil deines Brustkorbes, die Schwäche im Zwerchfell und die undeutlichen Schmerzen in den Leisten. Dann steht eine Bedienung am Tisch und fragt säuerlich:

Und der Herr, der hier gesessen hat?

Ist gegangen.

Und seine Rechnung?

Geben Sie her, ich werde bezahlen.

Du trinkst aus und bezahlst und gehst hinaus in die Telefonzelle und rufst an, und niemand nimmt ab. Zurück und setzt dich an den Tisch, der jetzt glatt und schön und frisch gedeckt ist. Du bist nicht angetrunken und willst nichts mehr trinken, und das hat gar keinen Sinn.

Du nimmst ein sauberes Taschentuch heraus, schüttelst sorgfältig die Tabakkrümel aus und wickelst es zusammengefaltet um die Knöchel deiner linken Hand. Dann steckst du die Hand in die Hosentasche und sitzt wieder ganz ruhig da.

Dein Freund beugt sich herüber und übertönt das Gemurmel.

Komm her und setz dich zu uns.

Du nickst und stehst auf und nimmst den Stuhl mit und wechselst den Tisch. Sagst:

Ich bin heute abend aber nicht besonders gesprächig.

Du weißt doch, daß wir deine Gesellschaft schätzen, in welchem Zustand du dich auch immer befindest.

Die Frau sieht dich mit großen, glänzenden Augen an.

Du Armer. Was du brauchst, ist ein Mädchen. Wo sollen wir ein Mädchen für ihn herkriegen?

Sie sagt das so dahin, aber doch mit einer gewissen Fürsorglichkeit. Ihre Augen blitzen.

Du hast recht, Liebling, aber nur in gewisser Weise. Ich befürchte, daß wir ihm in dieser Hinsicht nicht viel helfen können.

Aber ich kenne doch eine Menge netter Leute. Warte mal, ich überlege...

Nein, mach dir deswegen keine Gedanken.

Du hörst dem Gespräch apathisch zu. Es betrifft dich nicht und übertönt wahrscheinlich nicht einmal den Motor in deiner Brust. Sie steht auf und geht irgendwo hin, wahrscheinlich auf die Toilette. Dein Freund hält sich bereit, aber du machst keine Anstalten, seinem Beispiel zu folgen.

Aber du überlegst: Wenn er sich jetzt bedankt oder danach fragt, was denn passiert ist, wirst du vielleicht endlich wütend auf ihn.

Natürlich tut er weder das eine noch das andere. Er blickt auf die Uhr.

Gleich wenn sie wiederkommt, gehen wir. Ich hab eine kleine Wohnung nur zwei Häuserblocks von hier entfernt besorgt. Aber die dürfen wir nur bis halb zwölf benutzen, und um zwölf muß sie zu Hause sein. Sie ist doch verheiratet. Ich komme also um viertel vor zwölf hierher und frage nach, wie es dir geht. Bleibst du noch?

Weiß nicht.

Mit verheirateten Frauen läuft das gut. Läßt sich leichter organisieren.

Er schaut wieder auf die Uhr, während er das sagt, und es hört sich nachdenklich an.

Höchst verwundert hörst du dich selbst eine Frage stellen:

Was ist eigentlich Liebe?

Das weißt du doch: ein Massaker im Rosenstrauch.

Halt die Schnauze mit deinem Gefasel!

Hast du jemals darüber nachgedacht, daß der Witz dabei ist, sich niemals zu verlieben. Man behauptet nur, daß man es ist... wenn das notwendig werden sollte.

Als die Frau zurückkommt, fragt sie dich:

Wo ist denn dein Kumpel geblieben?

Er ist gegangen.

Er ist nett, wenn er nüchtern ist, aber nicht auszustehen, wenn er getrunken hat.

Ach so.

Gleich darauf gehen sie ihrer Wege.

Du stehst auf und gehst zur Telefonzelle, aber die ist besetzt, und du mußt davor acht Minuten lang warten. Dann gehst du hinein und rufst an, und niemand hebt ab.

Als du zum Tisch zurückgehst, stellst du neue Symptome fest: Es klopft in deinen Schläfen, und mit den Beinen stimmt irgend etwas nicht. Nicht, daß sie weich werden wollen, sondern es ist eher, als ob sie unschlüssig sind und nicht wissen, wo sie mit dir hingehen sollen. All deine bisherigen Beschwerden sind auch da, nur verstärkt. Ein saugendes Vakuum im Zwerchfell und der Motor im linken Teil der Brust.

Direkt neben dem Kassentisch mußt du stehenbleiben und dich mit der Schulter an die Wand lehnen. Du siehst alles neblig und undeutlich. Außerdem brennt es in den Schürfwunden an deinen Knöcheln. Du versuchst, kleine Tricks anzuwenden, zuckst mit den Schultern und schüttelst mit dem Kopf. Das hilft schließlich ein wenig, und du kannst dich umdrehen und hinaus auf die Toilette gehen. Du spülst die Handgelenke mit kaltem Wasser ab, weichst zwei zusammengerollte Papierhandtücher ein und feuchtest deinen Nacken damit an.

Nachdem du das alles getan hast, fällt dir ein, daß du seit dem Mittag des vorhergehenden Tages nichts gegessen hast.

Das ist eine natürliche Erklärung und eine vortreffliche Ausrede, die erste, auf die du seit langer Zeit gekommen bist. Sie scheint alles ein wenig leichter zu machen und hilft dir zurück an deinen Tisch.

Da sitzt jemand, den hast du noch niemals vorher gesehen. Du fängst mit den Lippen an zu zucken, und es fällt dir schwer, die Worte zu formulieren, aber dann gelingt es dir schließlich zu sagen:

Ich habe hier gesessen. Stehen Sie auf.

Er blickt dich erstaunt an.

Als ich kam, war niemand hier. Und nichts deutete darauf hin, daß der Tisch besetzt war.

Stehen Sie auf und gehen Sie.

Unablässig mußt du die Wangen und den Mund mit der rechten Hand massieren, um die Zuckungen im unteren Teil des Gesichts zu unterdrücken.

Der Mann starrt dich an. Steht langsam auf und sagt:

Na, entschuldigen Sie. Es gibt ja genügend Platz.

Er geht zu einem anderen Tisch. Du bleibst stehen und siehst ihm nach, immer noch mit der Hand über dem Mund. Aber er dreht sich nicht um.

Du sinkst am Tisch zusammen und überlegst, daß du was essen müßtest. Bestellst Schnaps und ein Tuborg und ein halbes Dutzend Schnecken.

Nachdem das Bier gekommen ist, gehst du hinaus und wählst die Nummer, aber niemand hebt ab.

Zum Tisch zurück, unlustig stocherst du zwischen den sechs Schnecken herum. Ziehst einen der wabbeligen schwarzen Körper aus der Schale, hältst ihn auf der Gabel und studierst ihn. Steckst ihn mit einer gewissen Überwindung in den Mund und kaust lange darauf herum, schluckst. Sehr gut fühlst du dich nicht dabei. Du hältst dich an den Schnaps und hoffst, daß es danach besser geht. Versuchst es mit der nächsten Schnecke, aber davon wird dir übel, und du spuckst sie auf den Teller aus. Wischst das Fett aus den Mundwinkeln, schiebst die Schüssel von dir weg.

Du läßt die Bedienung die Schnecken und das Bier abräumen und bestellst Kaffee und Cognac.

Kratzt mit den Fingernägeln eine Weile in den Zähnen und sagst:

Das ist jedenfalls sauber erledigt.

Und fügst hinzu: Kein Blut.

Sauber und glatt soll es gehen. Dir fällt eine alte Regel ein: Denk dran, schlag stets niedrig zu und so, daß es nicht blutet. Daran denkst du verworren und wünschst dir plötzlich, daß du einen Gummiknüppel hättest. Dann dämmert dir, daß du ja einen hast, aber nicht mehr weißt, wann oder wohin du ihn weggelegt hast.

Du rauchst und trocknest dir die Handflächen mit der Serviette ab. Machst dir darüber Gedanken, daß du ein System haben müßtest. Zum Beispiel alle zehn Minuten anrufen oder einmal in jeder Viertelstunde.

Du merkst selbst, daß das irgendwie lächerlich ist, aber auch, daß das absolut keine Rolle spielt.

In dem Restaurant ist es jetzt recht unruhig und laut, und vermutlich sind einige Leute da, die du kennst oder die du schon mal gesehen hast, du blickst nicht umher, und wenn dich jemand anspricht, merkst du es nicht.

Während der nächsten eineinhalb Stunden rufst du viermal an

und trinkst noch einiges. Du denkst die ganze Zeit über an das gleiche, aber undeutlich, verschlossen und benebelt. Der Motor ist stehengeblieben, und das Ziehen hat aufgehört. Du fühlst, wie das schwarze Wasser in dir hoch steigt und Körperteil auf Körperteil überflutet. Einen Moment lang sehnst du dich beinahe danach, daß es die Generatoren erreichen und sie überschwemmen soll, damit das Licht erlischt.

Zweimal lösen sich Gedankenkombinationen aus dem Grundschlamm und schwimmen hinauf an die Oberfläche.

Erstens: Es ist fürchterlich, in sein Innerstes zurückgetrieben zu werden, wenn man glaubt, daß man endlich begonnen hat, sich frei zu machen. Auch wenn man niemals das formelle Recht dazu gehabt hat.

Zweitens: Komisch, daß ich gehen kann. Es kommt mir so vor, als ob die Haut die Eingeweide nicht mehr lange zusammenhalten kann.

Das passierte auf dem Weg zur Telefonzelle.

Plötzlich springt der Motor wieder an, du hebst den Kopf und blickst auf die Uhr. Es ist bereits fünf nach halb zwölf. Wenn du noch zehn Minuten sitzenbleibst, kommt er wieder, um sich um dich zu kümmern, und das erträgst du nicht.

Du bezahlst und stellst dabei fest, daß dein Geld beinahe alle ist, stehst auf und holst deinen Mantel und gehst hinaus auf die Straße. Biegst um die Ecke und wirfst einen flüchtigen Blick auf das Erbrochene, bevor du die Gasse hinunter weitergehst.

Es ist dunkel und rauh und Herbst, und du schlägst den Kragen des Regenmantels über die Ohren hoch. Läufst in die Nacht hinaus.

23.55: Du gerätst in ein Gewühl von Menschen, die gerade von einer Fähre kommen. Gehst schnurgerade durch das Gedränge hindurch, mit gebeugtem Kopf, und schubst absichtlich mehrere Personen zur Seite, aber niemand reagiert. Das ist dein letztes aggressives Tun. Du hast keine Kraft mehr zu so etwas, und kurz danach schämst du dich.

0.15: Du befindest dich jetzt in den südlichen Stadtteilen und rufst von einer öffentlichen Telefonzelle aus an, die sich an einer

Steinbalustrade hoch über dem Wasser befindet. Durch die Scheibe der Zelle siehst du, wie sich die Silhouette der Stadt gegen den Nachthimmel abzeichnet. Das sieht sehr schön aus, und während du auf das Tuten lauschst, denkst du: Ich hasse dieses verdammte Land. Ich hasse diese übersättigte Republik mit König und Parteidiktatur und allem drumherum. Ich wünsche mir, daß mir diese armen Leute in diesem langweiligen und freudlosen Land leid täten, aber ich kann nicht. Diese armen Sozialisten, die nicht wissen, was das Wort bedeutet, und ihre Arbeit als Strafe und ihr Zuhause als ein Gefängnis betrachten und trotzdem vor ihren Autos und Fernsehern und Waschmaschinen sitzen und stolz darauf sind, daran gewöhnt, an nichts anderes zu denken und über nichts anderes sprechen zu können, und während ihre Kinder in ihren Autos sitzen und sich zu Tode langweilen und anspruchslose Platten spielen und wie die Kaninchen herumvögeln, nur damit sie nicht denken oder etwas sagen müssen. Als dir das durch den Kopf gegangen ist, wirfst du den Hörer auf die Gabel. Der Apparat ist nicht in Ordnung, denn er kassiert dein Kleingeld, ohne etwas dafür zu bieten.

0.40: Du bist weiter in die südlichen Stadtteile hineingekommen und stehst auf einem großen, zugigen Platz mit vier Telefonzellen. In dreien davon haben Rowdys aus Jux und Langeweile die Kabel abgeschnitten und die Hörer mitgenommen. In der vierten haben sie den Münzschacht mit Kaugummi zugeklebt. Dort verlierst du dein zweitletztes Zehn-Öre-Stück. Als du den Platz verläßt, grabscht dich ein versoffener Stadtstreicher an und gibt dir allen Grund, ihm eins reinzuhauen. Aber du tust es nicht, und gleich danach fängt er an zu weinen. Du beneidest ihn und gehst weiter.

0.55: Du gehst in eine U-Bahn-Station hinunter und rufst von einem modernen Telefon aus an, bei dem man Kleingeld jeder Art benutzen kann. Keiner nimmt ab. Eine Polizeistreife mit Hund ist dabei, den Eingangsbereich der Station zu räumen. Die Polizisten gehen bestimmt und effektiv vor und drehen zwei halb schlafenden alten Trinkern die Arme auf den Rücken. Die lichtscheuen Elemente haben sich bereits in Sicherheit gebracht, als der Polizeibus um die Ecke bog.

1.25: Du hast einen langen Weg hinter dir und befindest dich jetzt in den nördlichen Stadtteilen. Hast dich schnell bewegt und unaufhörlich an sie gedacht, ohne Aggressionen oder heftige Sehnsucht, nur mit einer Art müder Verzweiflung. Du hast die Zeit rekapituliert, die ihr zusammen verbracht habt, und versucht nachzurechnen, wie oft ihr miteinander geschlafen habt, vielleicht fünfzig- oder fünfundsiebzigmal. (Murmelst: Wieder falsch, man schläft nicht miteinander, sondern jemand schläft mit einem anderen, aktiv. Vögeln ist ein gutes Verb, setzt Aktivität eines Partners voraus, nennt man wohl transitives Verb, eine einseitig ausgeübte Tätigkeit mit einem Objekt einer bestimmten Art.) Egal, daran hast du gedacht. Auf dem Weg bist du über vier Brücken gekommen, hast einige wenige Menschen getroffen, eine Straßenbahn, zwei Krankenwagen, eine Katze und einen Streifenwagen. Genau um fünf Minuten vor halb zwei faßt du einen Entschluß: Ich werde nicht weiter anrufen. Ich habe kein Kleingeld mehr. Außerdem muß sie schlafen, die Arme, wenn sie endlich nach Hause kommt. Ich werde weiter umherlaufen, bis ich müde werde, und dann werde ich irgend jemanden wachklingeln oder mir auf andere Weise ein Plätzchen suchen, wo ich pennen kann. Mich auf den Rücken legen, den Aschenbecher auf den Stuhl am Bett stellen, rauchen und auf die Reflektionen an der Decke starren. Vielleicht gehe ich sogar nach Hause. Schließlich und endlich muß man ja schlafen, irgendwann.

1.30: Du stehst auf Odenplan und suchst in deinen Taschen. Findest ein Zehn-Öre-Stück und brauchst zwei. Auf der anderen Seite des Platzes steht ein Taxi. Du gehst hin und versuchst zu wechseln. «Kann ich nicht, um diese Tageszeit ist das Wechselgeld knapp.» «Haben Sie nicht ein einziges Zehn-Öre-Stück?» «Das habe ich nicht gesagt.» «Aber wenn ich nun ein Stück mitfahre und mit einem Zwei-Kronen-Stück bezahle, wenn die Uhr nur eins neunzig anzeigt, dann müssen Sie mir doch einen Zehner herausgeben.» «Es gibt Fünf-Öre-Stücke, Mann.» Du hast nicht die geringste Lust, ihm eins in die Fresse zu schlagen. Gehst auf die Seite und wartest darauf, daß der nächste Wagen kommt. Als der ankommt, wechselst du, und der Fahrer des ersten sagt zu dem anderen: «Das hättest du nicht tun sollen. Wir sind keine Bankkassierer, verdammt. Es reicht doch, wenn man auf die aufpassen muß, die mit einem fahren.» Du gehst über den Platz zurück, in eine Telefonzelle, wirfst die Münzen ein und lauschst auf das Tuten, die Stirn hast du gegen die kalte, rauhe Glasscheibe gelehnt. Eins – zwei – drei – vier – fünf – und du hörst die Signale verklingen wie verzweifelte, sinnlose kleine Notrufe in einer absoluten Leere. Du hältst es nicht länger aus, wirfst den Hörer auf die Gabel und trittst aus der Zelle. Stehst gegen das Blechhäuschen gelehnt da und spürst, wie die Verzweiflung sich aus der Magengrube heraus wellenförmig ausbreitet. Du siehst einen Platz und schnurgerade Straßen und die Kuppel einer Kirche und hohe Häuser mit vereinzelt erleuchteten Fensterscheiben. Du denkst: Wenn doch dieser verdammte Atomkrieg irgendwann anfangen würde: Du reißt die Schwingtür auf, sammelst die Münzen aus der Geldrückgabe und drückst sie in den Schlitz. Hörst auf das Tuten, stellst dir vor: Wenn ich ein Messer hätte, würde ich das Kabel abschneiden, ich würde dann jedes einzelne der verdammten Telefone in der ganzen Stadt kastrieren. Du willst das wirklich tun und ziehst sogar an der Leitung, so als ob du sie aus dem Apparat reißen willst. Gerade da meldet sie sich:

Ja.

(Und gleich darauf:)

Ist dort jemand?

Ja, hallo.

Ach, bist du das. Guten Tag. Wo bist du?

In der Stadt.

Was hast du getan?

Hab im Restaurant gesessen... ja, und getrunken und mit ein paar Leuten Blödsinn geredet. Wollte nur mal hören, wie es dir geht?

Hast du eben schon mal angerufen?

Nein.

Ich bin nicht schnell genug rangegangen. Hatte mich gerade hingelegt.

Ach so.

Ich war eingeladen, bei ein paar Leuten. Ich habe mehrmals am Tag versucht, dich anzurufen, aber bei dir war immer besetzt oder du warst nicht da. Heute abend habe ich auch nach dir gefragt und rumtelefoniert, aber keiner wußte, wo du bist.

(Schweigen.)

Hallo, bist du noch da?

Wo willst du denn jetzt hin?

Weiß ich nicht.

Du kannst ja heraufkommen, aber ich habe nichts im Haus.

Wenn du nicht zu müde bist.

Das bin ich schon. Aber da machen wir uns nichts draus.

Ich stehe in einer Viertelstunde auf der Straße.

O. K., tschüß, ich werfe den Schlüssel runter.

Tschüß.

Du trittst aus der Telefonzelle heraus, stehst breitbeinig und mit hochgeschlagenem Mantelkragen und den Händen in den Hosentaschen da. Sagt: Jetzt. Jetzt kommt es darauf an, Ruhe zu bewahren und die Nerven nicht zu verlieren.

Das Zimmer ist ungefähr vier Meter breit und sechs Meter tief. Das Licht ist weich und fließend. Sie ist aufgestanden und hat die Stearinleuchter angesteckt, und als er kommt, sitzt sie zusammengerollt mit hochgezogenen Beinen auf dem Korbstuhl. Sie spielt mit einem Glas und hebt es ihm scherzhaft entgegen. Er sagt:

Du, wir sind uns vorher nie begegnet.

Sie lächelt.

Du bist eine ganz gewöhnliche Frau, und ich bin ein recht durchschnittlicher junger Mann. Wir haben uns jetzt getroffen, und es ist ziemlich spät, und wir wollen uns bald hinlegen.

Ist dir das ganz allein eingefallen, eben erst?

Er zieht sich aus, und sie bleibt sitzen und blickt ihn an. Dann steht sie auf und beginnt, nach den Knöpfen der Jacke zu tasten. Er ist sofort hinter ihr und zieht sie ihr aus, beißt sie vorsichtig in den Nacken und streicht mit den Handflächen über ihre Hüften, den Bauch und die Brüste. Sie küßt ihn mit offenem Mund, und er hebt sie hoch mit einem Arm um ihre Schultern und dem anderen zwischen ihren Beinen.

Sie liegt nackt auf dem Bett, und er steht über ihr. Das ist die Ausgangsposition.

Er liegt auf dem Rücken unter ihr, mit dem Gesicht in ihrem offenen Schoß und spürt ihre Lippen, ihre Zunge und ihre Zähne.

Sie liegt platt auf dem Bauch, hat die Schenkel gespreizt und gräbt mit den Fingern in der Matratze. Befeuchtet die Lippen mit der Zunge und sagte: Ja – ja – ja . . .

Sie sitzt rittlings auf ihm und starrt in sein Gesicht, während sie ihren Unterleib millimetergenau und mit monotonem Wahnsinn hebt und senkt.

Sie liegt zusammengerollt wie ein jammervolles Bündel da mit den Beinen über seinen Schultern. Er klammert sich an ihren Hüften fest.

Sie sitzen ineinander verschlungen auf dem Bett, die Arme um den Rükken des anderen, sind untrennbar.

Er hebt sie hoch und stellt sie auf den Fußboden, ohne sie auch nur eine Sekunde lang loszulassen. Sie steht mit den Füßen zwei Dezimeter auseinander und arbeitet mit dem Unterleib, rhythmisch und sich windend.

Haut und Keuchen.

Ja – ja – ja – ja– ja . . .

Er wirft sie auf den Rücken aufs Bett und nimmt sie, will sie an der Matratze festnageln. Wie aneinander geschmiedet, von den Leisten an aufwärts.

Das Licht in dem Zimmer ist sanft und weich und fließend.

Sie sprechen jetzt nicht, aber viel später stellt er eine Frage und macht einen Vorschlag.

Findest du es besser so?

Sie lächelt und antwortet nicht. Denkt aber: Mich führst du nicht hinters Licht.

Und dann das einzige, das er unbedingt sagen muß, es aber noch nicht richtig zu sagen wagt, weil er weiß, daß alle Antworten gleich gefährlich sein können.

Du, ich gehöre dir, zu deinen Bedingungen.

Da sagt sie:

Wenn du willst, sind wir zusammen, so wie wir es bisher gewesen sind, wenn dir das nicht mehr Kummer bereitet als überhaupt nicht mit mir zusammenzusein. Sonst verzichte ich, obwohl ich dich brauche.

Sie liegt auf seinem Arm, und nach einer Weile ist sie eingeschlafen. Wenn sie schläft, werden ihre Gesichtszüge weich und kindlich, beinahe wie bei einem kleinen Mädchen. Sie schnarcht ein wenig, während sie auf dem Rücken liegt. Aber bald wendet sie ihren langen, warmen, nackten Körper ihm zu, legt den rechten Arm um ihn und preßt ihre Nase an seine Schulter. Er spürt die weiche Berührung ihrer Brust und ihres feuchten Bauches und weiter unten ihrer Zehen gegen seine Schienbeine.

Er liegt halb zur Wand gewandt, blickt an die Decke und sinniert: Wenn ich versuchen würde, diese Geschichte zu erzählen, würde sie nur von mir selbst handeln. In Zukunft wird das vielleicht anders. Oder auch nicht.

Er denkt: Ein Spiel.

Und: Wenn das hier ein Spiel ist, was ist dann Ernst?

Nach einer Weile denkt er an Rosenbüsche.

In Stockholm gibt es eine U-Bahn-Station, die heißt Odenplan. Sie liegt im Norden in einem ungewöhnlich langweiligen Stadtteil mit hohen Mietshäusern und langen, geraden Straßen. Über der U-Bahn-Station befindet sich ein dreieckiger Platz mit einer Straßenbahnhaltestelle, einigen Bäumen und zwei Kiosken. Es wachsen keine Rosen dort.

Er hat ein wenig Angst, und es dauert eine Weile, bevor er einschläft.

1962

Morgen vielleicht

Wenn du über die Stadt fliegst und sie genau unter dir hast, siehst du, daß sie ruhig und grauweiß ist. Du stellst auch fest, daß die Fahrbahnen fleckig und dunkel von der Feuchtigkeit sind, so wie das um diese Tageszeit aussehen kann, auch wenn es nicht geregnet hat. Aber auch wenn es so früh am Morgen ist, daß man eigentlich noch von späten Nachtstunden sprechen müßte, ist die Stadt alles andere als leer und auch nicht ganz still. Das liegt daran, daß sie zu groß geworden ist, um jemals wieder ganz und gar zur Ruhe zu kommen. Immer sieht man irgendwo einen grünen U-Bahn-Zug, der über eine lange Brücke rattert und der beinahe, aber eben doch nicht ganz leer ist. Und einen Krankenwagen und einen einsamen Polizisten und Zeitungsfrauen und Nachtwächter und alle möglichen Leute, die sich aus irgendeinem Grund draußen aufhalten. Und einige davon tun es aus freien Stücken.

Natürlich befinden sich die meisten in ihren Häusern, und von diesen meisten schlafen die allermeisten. Aber nicht alle.

Sieh dir das erste direkte Sonnenlicht an. Es ist bleich und unwirklich und kriecht an den den Schornsteinen hinunter auf die mit Blech abgedeckte Dachfläche und weiter über die Dachrinne und die Simse bis an die oberste Reihe der Fenster. Wenn du ihm folgst und das richtige Fenster findest – das dritte von rechts, an dem es kein Springrollo gibt – und mit dem Sonnenstrahl zwischen den leicht hin und her wehenden Tüllbahnen hindurch fließt, so kommst du in das Zimmer.

Es ist recht groß und sieht aus wie bewohnte Räume so aussehen, wenn derjenige, der da lebt und sich bis zu einem gewissen Grad für Bilder und Bücher interessiert, aber kein Geld hat, um sich welche zu kaufen. Obwohl Kleidungsstücke achtlos über die Stühle geworfen sind und Kippen in den Aschenbechern liegen, macht es keinen unaufgeräumten oder schmutzigen Eindruck.

Da drinnen ist es nicht still. Das Grammophon auf dem Regal über dem Bett spielt etwas von Tex Ritter, ein düsteres, gedämpftes Stück, und neben dem Gerät liegen Streichhölzer und Zigaretten und daneben steht ein Wecker, der vier Uhr anzeigt. Im Bett liegen zwei Menschen. Mit der Zeit wirst du einiges über sie erfahren, aber noch kennst du sie nicht und merkst vielleicht gar nicht, daß sie da liegen. Bis eine schmale Hand mit langen Fingern und kurzgeschnittenen, unlackierten Nägeln aus dem Schatten heraus den Plattenspieler abstellt, woraufhin der Cowboysänger mühsam, gutteral und disharmonisch mitten in einem Akkord abbricht. Und die langen Finger tasten weiter, nach den Zigaretten, unsystematisch und nervös.

Und sie sagt: *«Du mußt jetzt gehen!»*

Und er: «Ich will nicht.» Ihre Stimmen sind entspannt und sanft. *«Ich weiß, daß du nicht willst, aber du mußt jetzt gehen.»* «Warum?» *«Es ist schon hell.»* «Das ist kein stichhaltiger Grund.» *«Ich weiß das, aber er muß dir reichen.»* «Willst du das wirklich? Daß ich gehen soll? Jetzt?»

Sie antwortet nicht, sondern steht auf, und du bist zu nahe dran, um sie eigentlich sehen zu können, aber du spürst alle ihre Bewegungen. Du siehst sie erst, als du dich umgedreht hast, und da steht sie im Licht, hat sich gerade den Schlüpfer angezogen. Sie geht nervös auf und ab und nagt an den Fingernägeln.

«Beiß nicht auf deinen Nägeln herum.»

Sie blickt kurz und feindselig in Richtung Bett, öffnet den Mund, hält sich aber zurück und sagt gar nichts. Plötzlich lächelt sie, ein kleines Lächeln, vage und unsicher.

«Warum ziehst du dich denn überhaupt an?» *«Ich werde dich ein Stückchen begleiten.»* «Du mußt schlafen.» *«Findest du?»* «Ich kann allein gehen.» *«Das weiß ich.»*

Als du sie das nächste Mal siehst, hat sie Jeans und flache Schuhe an und einen sehr großen, gestrickten Wollpullover und ist gerade dabei, sich eine sackartige halblange Windjacke überzuziehen. Je mehr Kleidungsstücke sie anhat, desto kleiner sieht sie aus. Jetzt siehst du auch ihn. Ein wenig älter, aber doch nicht zu viel, und er wiegt so etwa siebzig Kilo. Durchschnittlicher Typ. Er zieht sich an, langsam und lustlos, und dabei vermeidet er es, sie anzusehen. Sie ist es, die beobachtet, abwartend und nachdenklich, rauchend, mit der einen Schulter gegen den Türpfosten gelehnt.

«Meinst du, daß wir das hier noch viele Male tun werden?» *«Uns anziehen?»* «Stell dich jetzt nicht so dumm.» *«Miteinander ins Bett gehen?»* «Ja.» *«Woher soll ich denn das wissen?»*

Dann gehen sie den Strandvägen entlang. Der ist breit und lang und menschenleer. Im Abstand von zwei Metern voneinander, mit den Händen in den Taschen und heruntergezogenen Schultern, den Blick auf das Pflaster gerichtet. Bleiben stehen und blicken über Nybroviken und in das bleiche, flimmernde Gegenlicht.

«So früh am Morgen müßte man immer draußen sein.» «Findest du?» *«Diesmal redest du aber dummes Zeug.»*

Stureplan und die erste Straßenbahn. Mitten auf dem Platz:

«Mach dir meinetwegen keine Gedanken.» «Mach ich doch gar nicht.» *«Mit mir ist nichts anzufangen.»* «Mit mir auch nicht.» *«Du lügst.»* «Du auch.»

Kungsgatan, mit einer Kehrmaschine und dem letzten müden Straßenkreuzer. Sie gähnt.

«Du müßtest schlafen, statt in der Stadt herumzulaufen. Was hast du draußen zu suchen?» *«Ich habe mich gerade entschlossen, woanders hinzugehen.»* «Zu jemand anderem?» *«Ja.»* «Warum tust du es dann nicht?» *«Muß erst anrufen ... der Platz kann ja besetzt sein.»* «Du kannst dir deine Boshaftigkeiten sparen.» *«Ich weiß. Entschuldige!»*

Zwischen den Brücken. Zwei Polizisten kommen die Treppe von der Polizeiwache Klara herunter.

«Bist du sehr wütend auf mich?» «Wieso sollte ich das sein?» *«Das weißt du doch?»* «Das war verkehrt.» *«Ja, das war verkehrt.»* «... oder?»

Da lächelt sie zum zweitenmal, seit du sie kennengelernt hast, auf die gleiche Art und Weise. Wird aber gleich wieder ernst.

Du bleibst bei ihnen und hörst und siehst sie, mitten auf der breiten Fahrbahn von Kungsgatan. Es ist immer noch früh und ebenso menschenleer, aber durchaus nicht ganz. Sie gehen also ein Stückchen voneinander entfernt weiter, müde und niedergeschlagen und lässig, und wenn du den Abstand zu ihnen größer werden läßt, stellst du fest, daß sie nur klein sind und die Stadt um sie herum sehr groß und kalt und in ihrer Schale aus Glas und Stein und Beton eingeschlossen. Du siehst, wie sie zwischen ihrem Kleingeld nach Zehn-Öre-Stücken sucht und in eine der Telefonzellen auf Hötorget tritt. Mitten auf dem Platz hat der erste Gemüsehändler die erste Karre mit Obst- und Gemüsekisten aufgestellt. Er geht hin und kauft zwei Äpfel.

Dann kommst du näher und siehst ihn gegen einen der Bäume gelehnt auf dem Bürgersteig stehen. Er ißt seinen Apfel, und hin und wieder wirft er einen Blick auf die monumentalen und perfektionistischen fünf Hochhäuser, aber niemals auf die Telefonzelle drei Schritte neben ihm. Dort steht sie noch, und ohne daß du ihre Worte unterscheiden kannst, hörst du ihre Stimme, plötzlich munter und schlagfertig. Sein Gesicht ist völlig ausdruckslos. Er hat seinen Apfel aufgegessen und spielt zerstreut mit dem anderen. Nach einer Weile nimmt er ihn in die Hand und betrachtet ihn lange, ehe er mit den Schultern zuckt und hineinbeißt.

Die Äpfel sind weg. Er zieht eine Zigarettenkippe heraus und sucht nach Streichhölzern, findet aber keine. Steht eine Weile mit der kalten Kippe im Mund da, wirft sie dann weg, blickt aber kein einziges Mal auf die Telefonzelle. Als er ein Taxi kommen sieht, tritt er einen Schritt auf die Straße und winkt es heran. Sie kommt beinahe sofort aus der Telefonzelle.

«Soll ich dich irgendwohin mitnehmen?» *«Ja, danke. Nach Hause.»* «Skeppargatan zweiundzwanzig, aber stellen Sie die Uhr nicht ab, wenn wir da ankommen. Ich fahre von dort aus weiter nach Lysviksgatan in Farsta.»

Du steigst ins Auto mit ein, um zu hören, worüber sie sich unterhalten, aber sie sagen nichts. Sie steckt zwei Zigaretten an und gibt ihm eine davon. Manchmal blickt einer den anderen an, aber nur ein einziges Mal treffen sich ihre Blicke.

Sie sind angekommen, und er folgt ihr über den Bürgersteig. Sie sucht zwischen ihren Schlüsseln und sieht jetzt sehr klein und müde aus, vielleicht friert sie. Aber ihre Stimme klingt routiniert zynisch und voller versteckter Anspielungen.

«Farsta, da hast du wohl eine Filiale?» «Ich hab keine Filialen.» Sie hat die Tür geöffnet, bleibt aber stehen. Sieht ihn nicht an. «Das weißt du auch.»

«Ich weiß gar nichts. Jedenfalls keine Entschuldigung.»

«Du kannst doch morgen mal anrufen und fragen, wie es mir geht? Wenn du Lust hast.»

«Meinst du, du kannst jetzt schlafen?»

Sie lächelt zum drittenmal, hebt die Hand und streicht ihm mit dem Handrücken übers Gesicht, schnell und leicht und zärtlich und flüchtig. Die Haustür ist zu, ihr Blick hinter der Scheibe aus geschliffenem Glas. Bestimmtheit.

Er bleibt einige Sekunden stehen, geht zum Taxi zurück und klappt zusammen. Fährt sich mit den Fingern über die Schläfen, die Augen und die Nase.

Das ist das letzte Mal, das du einen von ihnen für eine Weile siehst. Das macht gar nichts. Die dazwischenliegende Zeitspanne existiert nicht.

Nachmittags beherrscht das Blech die Welt. Stahlmonster heben Bleche von stählernen Schiffen auf stählerne Lkws, und auf der Straße reiht sich Blechkiste hinter Blechkiste neben Blechkiste. Die Menschen auch. In Blech eingeschlossen, umgeben von Blechscheppern, auf der Jagd nach Zahlenidealen und statistischer Sicherheit. Sie erfüllen alle Bedingungen, um das Ziel zu erreichen, bis auf zwei – ihnen fehlen Blechmagen und Blechgehirne.

Wenn du stillstehst und dir den Lärm anhörst, wirklich zuhörst, begreifst du sofort, daß das unmöglich und unerträglich ist, daß niemand hier leben kann. Es gibt nur eine Lösung: du machst die Entdeckung, daß das alles so schrecklich ist, daß es schon wieder schön ist.

Nachdem du das getan hast, kannst weitergehen, kannst dich von dem brüllenden Blechstrom mitreißen lassen hinauf zu dem großen Haus aus Beton und Eisen und Glas und dich in einen der Fahrstühle zwängen, die es so eilig haben, daß sie es übelzunehmen scheinen, wenn sie halten müssen. Wenn du auf der richtigen Etage aussteigst und der richtigen Schlange zu der richtigen Tür folgst, findest du ihn. Er steht da über einen Lichttisch gebeut, in Hemdsärmeln mit heruntergezogenem Schlips und offenem Kragen. In dem Raum befinden sich mehrere Personen, Frauen und Männer, die sich alle beinahe gleich verhalten. Sie stehen oder sitzen über Unterlagen von ungeheurer Wichtigkeit gebeugt da, manchmal halten sie die kostbaren Stücke in der Hand oder tragen bedeutende Zeichen in sie ein, nicht selten mit mechanischen Hilfsmitteln. Und dabei klingeln die Telefone. Sie sprechen auch miteinander, schnell und lapidar in einem einstudierten und perfektionierten Jargon.

«Feierlich?» – «Großartig!» – «Na?» – «Es ist grün.» – «Und gestern? Voll?» – «Wie ein Pavian.» – «Hier ist das Litho aus der Offset.» – «Eilig?» – «Brandeilig. Kleiner.» – «Direkt?» – «Aber schnellstens.» – «Wie ein Pavian, hast du gesagt?» – «Besser wie zwei!» – «Auch Seitensprünge?» – «Rate mal.» – «Und jetzt? Katerstimmung?» – «Na und wie.» – «Und der Tiger?» – «Rasend, kann ich dir sagen.» –

Du merkst schnell, daß es in diesem Kreis mitmachen heißt und mit den Wölfen heulen, und du fragst dich, vielleicht, ob er das schafft. Du brauchst keine Angst zu haben. Er hat Routine.

«Verdammt noch mal, bist du immer noch nicht fertig?» – «Selbstverständlich bin ich, reiß dich zusammen, bitte.» – «Oh, verflucht, schon abgeliefert?» – «Aha, jetzt läuft die Sache endlich.»

Aber bald kann er nicht mehr länger. Er geht auf den Flur hinaus und in ein anderes Zimmer hinein. Das Telefon klingelt, aber er kümmert sich nicht darum. Steckt sich an der Kippe eine neue Zigarette an, holt eine Bierdose aus der Schreibtischschublade und trinkt einige Schlucke. Jemand reißt die Tür auf, schließt sie aber sofort wieder, bevor er sehen kann, wer das ist. Er sitzt mit den Ellbogen auf dem Tisch und dem Kopf in den Händen da und wartet darauf, daß das Telefon aufhören soll zu klingeln. Jetzt ist es soweit. Er greift sofort nach dem Hörer. «Amt.» Er wählt drei Ziffern, hält ein, legt den Hörer zurück, steht auf, knöpft das Hemd zu, zieht den Schlips hoch, nimmt das Jackett von der Rückenlehne des Stuhls. Als er in der Tür steht, klingelt das Telefon wieder. Er geht hinaus zu den Fahrstühlen, fährt nach oben. Jemand spricht ihn im Fahrstuhl an, und er antwortet exakt und sachlich und mechanisch, starrt dabei auf die Etagenbezeichnungen über der Fahrstuhltür. Er murmelt etwas und drängt sich hinaus, geht einen Korridor entlang, durch eine Schwingtür aus Glas, an offenen Räumen und Leuten und Papieren vorbei. Grüßt automatisch. «Hallo.» – «Tag Lennart!» – «Na, so ein Zufall.» – «Guten Tag.» – «Hallo!»

Da du direkt vor ihm stehst, siehst die ganze Zeit lang seine Augen.

Dann ist er am Ziel. Das Zimmer ist klein, und sie sitzt allein drin. Über Unterlagen gebeugt. Als er eintritt, blickt sie auf und lächelt, hübsch und beruhigend.

«Hallo. Ich habe mehrfach versucht, dich anzurufen. Du hast in einer Besprechung gesessen, sagten sie.» «Wir haben heute da unten furchtbar viel zu tun.» *«Vielen Dank für gestern.»* «Dir auch vielen Dank. Auch für heute nacht.» *«Ja, danke auch für heute nacht.»* «Wie fühlst du dich?» *«Gut.»* «Ganz sicher?» *«Ja, bestimmt.»* «Du bist heute Nacht fertig gewesen.» *«Stimmt, ist man manchmal.»* «Konntest du denn nachher schlafen?» *«Doch. Und du, du Armer?»* «Naja, nicht gerade gut.» *«Du mußt besser auf dich aufpassen. So geht das nicht weiter.»* Sie hat ein einfarbiges Baumwollkleid an, und während sie miteinander reden, arbeitet sie die ganze Zeit über weiter. Ihre Zigarette brennt im Aschenbecher. «Was machst du nachher, wenn du hier fertig bist?» *«Vor sechs werde ich wohl nicht fertig werden. Danach muß ich gleich zur Kindertagesstätte und Ann abholen. Das weißt du doch.»* «Und danach?» *«Weiß ich nicht. Ich entscheide niemals etwas im vornhinein.»* «Wir können uns also nicht treffen ... oder?» Sie lächelt wieder. *«Du kannst mich ja anrufen. Wenn du Lust und nichts anderes vorhast.»* «Wann?» *«Nicht vor neun.»* «O. K., ich ruf dich um neun an ... auf die Sekunde.» *«Tu das, aber laß es nicht länger als dreimal*

klingeln. Melde ich mich nicht, dann schlafe ich. Oder bin weggegangen.» «Ich muß heute abend eigentlich arbeiten, aber ich weiß nicht, ob ich es durchstehe.»

Du merkst, daß das Gespräch beiden gutgetan hat, daß beide ruhiger geworden sind, gelöster wirken und mehr und mehr entspannt.

«Du... ich mag dich.» *«Ich mag dich auch sehr gern. Das weißt du.»* «Tust du das... tatsächlich?» *«Ja! Geh jetzt.»* «Werd ich machen.» *«Nein, bitte, bleib, geh noch nicht... doch, hau ab!»* «O. K., wir hören voneinander.» *«Klar, wenn nicht früher, so morgen.»* Du läßt ihn vorgehen und bleibst noch einige Augenblicke in dem Zimmer und beobachtest sie. Sie legt den Pinsel aus der Hand und starrt auf die Tür. Sie sieht müde und nachdenklich aus und beißt sich langsam und systematisch auf die Fingernägel. Sie schüttelt mit dem Kopf. Dann zuckt sie mit den Schultern.

Das Telefon klingelt.

«Ja. Ach hallo. Ja, natürlich darfst du anrufen. Wann immer du willst. Wie geht es dir? Ja? Wann? Hör mal, ich weiß nicht, ich möchte gern, aber ich muß heute abend lange arbeiten. Und dann habe ich ja auch Ann. Aber wenn ich kann, gern. Was hast du gesagt? Halb zehn an der üblichen Stelle. Wer kommt denn noch? Ach so, doch, ich werde wohl kommen. Aber es ist nicht ganz sicher. Müssen wir mal sehen. Rufst du sonst noch mal an? Morgen oder so? Mach's gut, Schatz, paß gut auf dich auf...»

Sie dreht sich auf dem Stuhl zur Seite und kritzelt etwas auf ein Stück Papier, befestigt es mit Klebestreifen am Lampenschirm. Ein Mann kommt in das Zimmer.

«Verdammt, bist du denn noch nicht fertig?» *«Mach, daß du rauskommst!»*

Du siehst als letztes von ihr, daß sie ans Fenster geht und hinunter auf die Blechlawine im Schacht zwischen den Häusern blickt. Dann schaut sie auf ihre Armbanduhr und zuckt mit den Schultern. Gerade als du verschwindest, öffnet sie das Fenster und läßt den Lärm der Stadt in das Zimmer knallen.

Jetzt bist du wieder zu ihm zurückgekommen, in das große Büro mit den Lichttischen und den Leuten mit dem saloppen Slang. Er steht in der Nähe der Tür, hat das Jackett an und prüft eine der wichtigen Unterlagen. Neben ihm steht jemand, der wohl ein Vorgesetzter sein muß. Und der fragt: «Du bleibst hier, bis wir fertig sind, nicht wahr?» «Nein, ich muß nach Hause, Punkt fünf Uhr!» «Sei doch nicht so ein phantasieloser Musterknabe. Komm, wir gehen runter und trinken ein Bier zusammen. Dann kommen wir wieder und arbeiten. Ich gebe einen aus.» «Ich habe doch gesagt, daß ich nicht kann. Ich habe ein paar Leute zum Abendessen eingeladen.» «O. K., verdammt noch mal, wenn du nicht willst, dann willst du eben nicht!»

Er geht und du folgst ihm, aber so langsam, daß du die Sticheleien hinter seinem Rücken hören kannst. In seinem Zimmer nimmt er das letzte Pilsner aus dem Schreibtisch, stützt den Fuß auf den Heizkörper und starrt hinaus, während er trinkt. Das Telefon klingelt, aber er scheint es nicht zu merken.

Die Tür geht auf, und ein Mann mit einem Stapel wichtiger Unterlagen tritt ein. Und fragt: «Du willst doch nicht jetzt schon gehen?» «Doch, jeden Moment.» «Was soll ich denn dann hiermit machen?» «Häng es auf dem Klo auf, da nützt es vielleicht was.» «Hör mal, bist du jetzt schon besoffen?» «Nein, aber ich habe die Absicht, es bald zu werden. Gehst du mit runter und trinkst 'n Schnaps mit mir?» «Kann ich nicht, muß Magnus bei der Tagesmutter abholen.» «Gib den Kram her, ich werd ihn auf dem Weg nach unten abliefern.» «Willst du das nicht vorher noch durchsehen?»

Er geht an dem anderen vorbei, hinaus auf den Flur, dreht sich um und antwortet: «Nein!»

Die Uhr steht jetzt genau auf halb fünf, und du wirst einiges über die Stadt Stockholm kennenlernen. Aber erst muß du im Haus hinter ihm her, eine eiserne Wendeltreppe hinunter, durch das Klappern der Setzerei, zwischen ganzen Reihen von Linotypemaschinen hindurch, weiter durch ein Papierlager und vorbei an den großen Rotationspressen in der Druckerei. Schon dabei solltest du dir einige Einzelheiten merken: In der Setzerei gibt er seine Papiere ab und trinkt hinter einem Montagetisch zusammen mit einem Typographen einen Schnaps. Und in der Druckerei läßt er einen Stapel Zeitungen mitgehen, die er gleich darauf an einige ältere Männer draußen auf der Straße weitergibt.

Dann folgt der eigentliche Spaziergang. Der beginnt fünf nach halb fünf an der Klara Kirche und endet, wenn man so will, in der Nähe von Slussen viereinhalb Stunden später. Soweit du das überblicken kannst, ist er völlig planlos, erstreckt sich über mehrere Stadtteile und findet während der unruhigsten Zeit des Tages statt. Unterwegs macht er eine längere und mehrere kurze Pausen. Die längere ist natürlich von größtem Interesse, aber davor hast du eine der kürzeren miterlebt. Anlaß war ein Streit zwischen einem Spießer und einem Geigenspieler im Tunnel zwischen Engelbrektsplan und Luntmakaregatan. Auf eurem Weg stellst du eine Reihe von Eigenarten an ihm fest. Er geht absolut gleichgültig an einer Reihe von wirklich aufsehenerregenden Dingen vorbei, zum Beispiel einem ausländischen Staatsmann in schwarzem Packard mit heulender Motorradeskorte, einem Alarm an der Feuerwache Johannes und einem Autounfall, der wirklich nur ganz wenige Meter neben ihm auf Hornsgatan passiert. Dagegen opfert er Zeit und Geld, um mit einigen Stadtstreichern in einem Kalklager an Kungsholmsstrand ein paar Biere zu trinken, und beinahe wird er von der Polizei festgenommen, weil er den Verkehr behindert hat, weil er mit ein paar Kindern auf Långholmsbron auf der Fahrbahn gespielt hat. Du machst auch die Entdeckung, daß er mit Vorliebe am Wasser entlang geht und an vielen Brücken vorbeikommt, von Långholmsbron, die die kleinste ist, bis Västerbron, die natürlich am größten ist. Dort macht er übrigens einen deprimierten Eindruck, steht eine ganze Weile da und starrt ins Wasser, einem mutmaßlichen Selbstmörder nicht unähnlich. Aber dann fängt er plötzlich an zu lachen und summt Tex Ritters *Remember the Alamo* vor sich hin, während er weiterwandert. Aber du hast recht, all dies sind vielleicht Bagatellen verglichen mit dem, was viertel nach sechs auf Kungsholmen geschieht, gerade als die Sonne in den Wolken verschwunden ist. Er geht also von Kungsholmstorg in nördlicher Richtung Scheelegatan lang, und da fängt es an zu regnen. Zuerst vergräbt er nur die Hände tiefer in den Manteltaschen und richtet sich auf, aber als er mitten vor dem Rådhuset steht, fängt es stärker an zu regnen, er rennt die Treppe hoch und durch die offene Tür in den Vorraum hinein. Der Regen fällt heftig, ein richtiger Wolkenbruch, und er geht zu dem Gerichtsdiener am Treppenhaus hinüber und fragt, ob denn noch Verhandlungen stattfinden. Der Gerichtsdiener: «Ja, eine. Eine Vergewaltigung im dritten Stock. Die Öffentlichkeit war ausgeschlossen, aber jetzt soll das Urteil verkündet werden.»

Er geht hinauf zu dem Sitzungssaal, in dem die Verhandlung gerade wieder anfängt, zeigt an der Tür seinen Ausweis und tritt hinein. Er wundert sich, weil ein Polizist einen wütenden Schritt auf ihn zumacht, ihn aber eine Sekunde später offenbar erkennt.

Er steht an der hinteren Bankreihe, weit links, und hört die Urteilsbegründung. Der Angeklagte ist eigentlich ein Dieb. Es wird eine Reihe relativ unbedeutender Einbrüche erwähnt, bevor das Gericht sich in eindrucksvollen Redewendungen dem Kernpunkt zu nähern beginnt. Der Mann hat mit einer Frau in einem Häuschen in Hammarby zusammengelebt und mit ihr geschlafen. Er scheint dieser Verbindung großes Gewicht beigemessen zu haben. Als sie ihn abweist, machen ihn die Eifersucht und Enttäuschung kopflos und verzweifelt. Er rennt mehrere Stunden lang wie eine läufige Katze durch die Stadt. Jagt eine halbe Flasche Schnaps durch die Gurgel, schlägt mit einer Axt die Tür des Häuschens in Hammarby ein, erweist sich als impotent, vergewaltigt infolgedessen die Frau in schlimmster Form, droht ihr unter anderem an, sie totzuschlagen. Als einzige Erklärung hat der Mann gesagt, «daß er glaubte, die Gefühle der Frau ihm gegenüber würden wieder geweckt werden, wenn er Gelegenheit bekäme, sich ihr zu nähern». Als Beweis dafür, daß er etwas anderes vorgehabt hatte, als das dann ausgeführte Verbrechen, wollte der Mann die Tatsache gewertet wissen, daß er einen Teil des Branntweins noch bei sich hatte, sozusagen als Versöhnungsgeschenk. Vier Jahre Freiheitsstrafe. Punkt, Schluß. Alles zusammen unter dem Gewölbe aus Granit, eiskalt nach den

Regeln des juristischen Rituals vorgetragen. Abschließend die traditionelle «menschliche Frage»:

«Haben Sie verstanden, was das Urteil bedeutet? Sie werden also zu vier Jahren Freiheitsstrafe verurteilt.» Antwort: Ein Schniefen.

Es muß dieser Moment sein, in dem unser Wanderer zum erstenmal den Täter ansieht und ihm die widersinnige Idee kommt, daß er selbst da vorn an dem kläglichen Zaun steht, der mit Fug und Recht Schranke genannt wird. Das Eigenartige daran ist, daß der Gedanke vielleicht nicht ganz aus der Luft gegriffen ist. Der Mann da vorn sieht ihm wirklich sehr ähnlich. Besonders so wie jetzt, schräg von hinten. Darum bleibt er stehen, als der Verurteilte an ihm vorbeigeführt wird, und starrt intensiv in dessen gerötete Augen. Die Ähnlichkeit ist trotz allem ganz deutlich.

Auf dem Weg nach draußen stellst du fest, daß er auf die Toilette geht, sich wäscht und sich dann lange im Spiegel betrachtet, während er die Fingerspitzen über die Augen, die Nase und die Wangen gleiten läßt. Du hast wahrscheinlich recht, wenn du annimmst, daß diese Episode nicht ganz unbedeutend ist.

Eine Stunde später steht er also auf Västerbron und wird von dem Ausflugsdampfer aus Mariefried, der unter ihm durchfährt, aus seinen Gedanken gerissen. Weitere dreißig Minuten später spielt er auf Långholmsbron auf der Fahrbahn, und zwei Minuten nach neun befindet er sich vor den Telefonzellen bei Slussen.

Deine Wanderung ist zu Ende. Aber noch liegt dir Stockholm zu Füßen, im Abendlicht. Schönheit. Das Glänzen der Wasseroberfläche.

Die Uhr zeigt drei Minuten nach neun an, als er in die Telefonzelle tritt und nach dem Hörer greift. Nur um festzustellen, daß es den gar nicht gibt, der ist weg, abgeschnitten.

In der nächsten Zelle das gleiche Bild. Die dritte und letzte ist besetzt.

Du siehst ihn warten, er wird immer nervöser.

Als die Zelle endlich frei wird, stellt sich heraus, daß eins seiner Zehn-Öre-Stücke nicht angenommen wird. Er flucht und fummelt an dem Münzschlitz herum. Schließlich macht er sich auf den Weg, um irgendwo Geld zu wechseln.

Wenn du dich in diesem Moment in der Wohnung in Skeppargatan befunden hättest, würdest du gesehen haben, daß der Wecker fünf Minuten nach halb zehn anzeigt und daß sie ein Paar Schuhe mit halbhohen Absätzen, aber das gleiche Baumwollkleid trägt. Und du würdest sehen, wie sie unkonzentriert in einer umbrochenen Korrekturfahne blättert und auf dem rechten Daumennagel herumbeißt. Und das Telefon klingeln hören und mitbekommen, wie sie sich schnell bewegt, bevor sie sagt: *«Ja.»* Und: *«Ach so, hallo.» «Nein, du, nicht heute abend. Das ist nicht möglich, ich kann nicht von zu Hause weggehen.» «Mmmm. Dann tschüß. Paß gut auf dich auf...»*

Du wärst vielleicht auch überrascht von dem Kontrast zwischen ihrem freundlichen, fröhlichen Tonfall und dem nervösen Ziehen an ihrer Zigarette gleich danach.

Jetzt steht sie auf und geht in das Zimmer nebenan. Lauf hinterher, das dürfte deine einmalige Chance sein.

Sie steht über das Bett gelehnt da, und das Kind schläft entspannt und schön. Das Kind ist ein Mädchen und gleicht ihr sehr. Du siehst nicht mehr viel von ihrer Nervosität. Sie lächelt.

Dann geht sie wieder in das große Zimmer und schließt die Tür vorsichtig hinter sich. Legt die Zigarettenschachtel in die Basttasche und macht sich auf den Weg, ohne das Licht auszuknipsen.

Du bist noch da, als das Telefon klingelt, dreimal. Sie müßte inzwischen im Fahrstuhl sein und hört es nicht. Gleich darauf klingelt es wieder, dreimal.

Ann hat sich an das Telefon gewöhnt und wacht nicht auf.

Er ist noch in der Telefonzelle und wählt eine Nummer, die er auswendig kennt. Hier hat er seine Maske fallen lassen und sieht nur noch traurig aus. Schließlich scheint er das Lächerliche seiner Situation einzusehen und zuckt gegenüber seinem eigenen Spiegelbild in der dunklen Scheibe mit den Schultern. Er kramt Zehn-Öre-Stücke heraus und wählt eine andere Nummer. Sie fallen sofort in den Münzschacht.

«Hallo.» «In einer Telefonzelle bei Slussen.» «Doch, mir geht es gut.» «Nein, ich bin nicht betrunken.» «Ich hör mich doch, verdammt nochmal, nicht besoffen an.» «Du mußt reinkommen.» «Ich muß mit einem Menschen sprechen, der seine Sinne einigermaßen beieinander hat.» «Geld habe ich.» «Ja, Stopet, in einer halben Stunde.» «Also gut, vierzig Minuten.» «O. K.?» «O.K.»

Er tritt hinaus und geht zu der Taxi-Haltestelle auf der anderen Seite der Straße. Im Vorbeigehen kickt er gegen eine Papiertüte.

Jetzt siehst du ihn direkt von vorn, praktisch durch einen gläsernen Bierseidel hindurch. Er sitzt zusammengesunken auf dem hohen Stuhl, hat die Unterarme auf den Tresen gestützt und starrt ergeben in sein Bier.

Gerade in diesem Moment kommt der Freund, entert den Barhocker neben ihm und legt eine ungewöhnlich flache Aktentasche auf den Tresen. «Was willst du denn mit der Aktentasche?» «Na, irgendeinen Grund muß man doch vorweisen können.» «Hm.» «Welch ein Bild übertrieben komischer Verzweiflung.» «Du hast recht.» «Was ist denn nun mit dir los?» «Es ist alles in Ordnung.» «Du siehst aber aus, als ob da eine ganze Menge nicht in Ordnung sei.» «Hm.» «Bist du zu Hause gewesen?» «Nein, verflucht.» «Hast du zu Hause angerufen?» «Nein.» «Und die letzte Nacht hast du bei mir verbracht. Hast du gestern angerufen?» «Weiß ich nicht mehr.» «Bist du ganz und gar verrückt geworden? Nun wird es aber höchste Zeit, daß du anrufst.» «Du kannst ja anrufen.» «Was soll ich sagen?» «Du bist doch Dichter, verdammt. Sag, was dir einfällt.» «Ach, du lieber Gott.» Sagt der Freund und geht. Kommt zurück.

«Was hat sie gesagt?» «Nichts Besonderes.» «Sie hat sich seit einiger Zeit dran gewöhnt.» «Das finde ich höchst bewundernswert, muß ich sagen.» «Was hast du denn übrigens gesagt?»

«Einige gut ausgewählte Unwahrheiten aus dem Standardsortiment.» «Wir haben aus den Lügen ein System gemacht, stimmt's?» «Ja. Na, wie sollten wir auch sonst klarkommen?» «Und wenn wir lügen, sind wir damit beschäftigt, die Maske nicht fallen zu lassen.» «Bist du deswegen so deprimiert?»

Du stellst fest, daß der Freund sehr deutlich und mit großem Nachdruck spricht. Scherzhafte Bemerkungen und Sticheleien fliegen in dem Lokal in rhythmischen Wellen hin und her.

«Was du im Augenblick brauchst, ist ein Pariser und ein Schnaps. Und am dringendsten ein Mädchen. Aber in diesem Schuppen hier sind natürlich keine.» «Du findest sicher eine, wenn du es versuchst. Übrigens will ich gar keine haben.» «Deine Behauptungen werden immer merkwürdiger.» «Ich mache eigentlich keine Seitensprünge.» «Was war das denn heute nacht?» «Das war kein Seitensprung.» «Ach, heilige Einfalt!»

Etwas später; der Lärm ist ungeheuer groß. Mehrere Personen haben sich dazugestellt. Man diskutiert Sozialismus.

Er sagt: «Ich will hier nicht mehr länger bleiben. Wir gehen woanders hin.» Und der Freund: «Was ist denn los? Man ist ja nicht mal betrunken.» «Wir gehen jetzt. Ich halte es nicht länger aus.» «Aber weil du das Geld hast, muß ich offenbar alle verdammten Launen über mich ergehen lassen.»

Das nächste Lokal. Du siehst sie an einem Tisch in einer Nische. Sie sind schon leicht angetrunken. Du gehst näher heran und hörst ihr Gespräch mit, das leiser geworden ist.

Er: «Wir haben also die Lüge in das System eingebaut und müssen das als Idee akzeptieren.»

Der Freund: «Das war ja gräßliches Gequatsche über die Lüge. Wer hat denn übrigens das Wort häufiger benutzt als du? Es handelt sich nur darum, bestimmte unwesentliche Details zu verschweigen und zu verschleiern. Wenn wir das nicht täten, würde das ganze Gesellschaftssystem zusammenbrechen. Aber von Lüge zu sprechen ist doch übertrieben.»

Er: «Ich lüge jedenfalls wie der Teufel!»

Der Freund: «Natürlich hast du recht. Aber wenn wir wirklich darüber nachdenken würden, was das bedeutet, so würden wir niemals mehr wagen, überhaupt mit einer Frau ins Bett zu gehen. Der Teufel mag wissen, wie man eigentlich leben soll.»

Er: «Ich wage es und ich weiß es, aber ich kann es nicht.»

Der Freund: «Das geht doch mit dem Leibhaftigen zu, da kommt dieses Schwein mit zwei Puppen. Nymphchen. Reine Kindesentführung. Man sollte eingreifen.»

Er: «Klar! Grünes Licht, greif du nur ein, schnurstracks. Der große Frauenjäger und legitimierte Fremdgänger Doktor...»

Der Freund: »Hör auf mit diesem nervigen Gerede. Hast du das Mädchen gesehen, das hinter dir sitzt?»

Er dreht sich um, und wenn du seinem Blick folgst, siehst du sie dort mit einer Tasse Kaffee und einem Grönstedt sitzen, sie hat den Kopf auf die Hand gestützt und liest die Abendzeitung.

Er: «Kennst du sie?»

Der Freund: «Na, kenne ist zuviel gesagt. Sie gehört zu den Stammgästen hier. Ich hab schon lange überlegt, ob ich mich mal um sie kümmere. Ist 'n bißchen dumm, aber nett und...»

Er: «Ich kenne sie. Soll ich dich vorstellen?»

Der Freund: «Ja, warum eigentlich nicht. Wenn das überhaupt eine Referenz ist im Hinblick auf deinen beklagenswerten Zustand.»

Sie gehen hinüber an ihren Tisch. Sie blickt auf und sagt leidenschaftslos: *«Hallo.»* Sie setzen sich. Er: «Wartest du auf jemanden?» *«Nein. Warum?»*

Das Gespräch plätschert so dahin.

Der Freund: «Du hast einen ungewöhnlich hübschen Mund.» *«Danke.»*

Der Freund: «Ganz ungewöhnlich hübsch, muß ich sagen...» *«Danke.»* Sie liest ihre Zeitung. Nach einer Weile blickt sie ihn an.

«So darfst du nicht aussehen.»

Als sie ihre Drinks bekommen haben und er seinen nimmt, kommen sich ihre Hände sehr nahe. Sie berührt mit ihren Fingern die seinen, ganz leicht.

Und gerade da, das verstehst du, denkt er: Das hier ist Routine.

Er sagt das natürlich nicht, aber wenn du ein geschickter Beobachter bist, kannst du es ihm ansehen.

Gleich darauf sagt der Freund: «Herrgott noch mal, ich habe eine wichtige Sache vergessen. Muß in einer Viertelstunde da sein. Du, darf ich dir noch ein Wort sagen?»

An der Garderobe. Das Wort lautet: «Leih mir zwanzig Piepen.»

«Na klar, hier hast du sie. Aber du brauchst dich nicht zu verdrücken.» «Klar muß ich das. Heute hast du die besseren Karten.» «Karten?» «Übrigens ist sie nicht mein Typ. Könnte wenigstens ein bißchen Puder auflegen.» «Idiot!» «Tschüß, wir sehen uns morgen. Ich wecke dich, wenn es nötig sein sollte.» «Tschüß, wir sehen uns.»

Als er an den Tisch zurückkommt, legt sie die Zeitung zur Seite und blickt ihn an: *«Wir gehen jetzt.»* «Jetzt?» *«Ja. Jetzt sofort.»* «Nach Hause?» *«Was heißt: nach Hause?»* «Zu dir.» *«Nein.»*

In der Tür, ein Mitglied der verspäteten Clique drängt sich hinein: «Hallo! Was? Sind die anderen noch nicht gekommen? Willst du schon gehen?»

«Ja. Ich gehe. Tschüß.»

Sie ist so ruhig.

Du siehst sie in der Dunkelheit verschwinden. Es dauert eine kleine Weile, bis du wieder bei ihnen bist.

Du findest sie in dem dritten Lokal, das auch das letzte heute abend ist. Das ist eine gemütliche Bar, und sie sitzen auf einem roten Ledersofa an der Wand, trinken Bourbon und *Black-and-White*. Du brauchst dich ihnen nicht vorsichtig zu nähern, sie bemerken dich sowieso nicht. Willst du mitkriegen, worüber sie sprechen, so mußt du ganz nahe an sie herangehen, denn sie unterhalten sich leise und stockend. Und das Wichtigste, was sie sich zu sagen haben, bleibt unausgesprochen, aber es ist vielleicht aus ihren Gesichtern zu lesen, die sie nun einander zugewandt haben. Trotzdem reden sie zeitweise über ganz alltägliche Dinge. Im Augenblick vielleicht gerade nicht. «Ich habe eigentlich eine sehr starke Moral, obwohl die vom Üblichen abweicht.» *«So geht es den meisten von uns. Beinahe allen, die ich so kenne. Es gibt Dinge, die einfach nicht...»* «Glaubst du daran, daß man die ideale Gesellschaft schaffen kann, indem man Personen, die das gleiche denken, zusammenführt? Ich meine das so: wenn du zwei kennst, die du mehr als irgendwelche anderen schätzt, und die wiederum kennen zwei und so weiter. Könntest du dann nicht theoretisch sicher sein, daß du alle Menschen innerhalb dieses Kontaktnetzes verstehst und schätzt, auch die weit an der Peripherie?» *«Theoretisch ja, aber nicht in der Praxis. Du hast bei einer anderen Gelegenheit gesagt, daß man versuchen solle, zu viert in eine Kommune zusammenzuziehen statt, wie es die Leute heutzutage tun, zu zweit. Ich bin sicher, auch wenn alle vier sich zu Anfang ausgesprochen gut verstehen, so würden sie doch nach einem halben Jahr jeder für sich dasitzen und auf die Chance warten, durch sein Fenster zu fliehen. Trotzdem wäre das einen Versuch wert.»*

Du tust gut daran, ihre Gesichter jetzt abwechselnd zu beobachten.

«Ich fühle mich so naiv und merkwürdig.» *«Fühlst du dich naiv und merkwürdig ... Aber du bist merkwürdig und naiv auf die richtige Art, das ist am wichtigsten.»* «Ich kann mich nicht länger zusammenreißen.» *«Kümmere dich doch nicht darum.»* «Ich glaube, ich liebe dich.» *«Das hast du schon mal gesagt.»* «Und jetzt sage ich es noch mal.» *«Sieh mal, ich habe jetzt solchen Bammel davor, wenn über Liebe und Zärtlichkeit geredet wird. Ich glaube wirklich, daß ich nicht mehr länger kann.»* «Glaubst du das selbst tatsächlich?» *«Darum kann ich nur sagen: Ich bin nicht verliebt in dich. Wenn du willst, kann ich sagen: Ich liebe dich überhaupt nicht, auch nicht ein ganz kleines bißchen.»* «Du hast einen Fehler gemacht, als du das allererste Mal mit mir ins Bett gegangen bist. Jetzt wirst du mich niemals mehr los. Jedenfalls für lange Zeit nicht.» *«Ich will dich gar nicht loswerden. Wir müssen uns häufig treffen und miteinander reden.»* «Und auch häufig miteinander schlafen?» *«Das auch, oft miteinander schlafen.»* «Schläfst du gern mit mir?»

Darauf gibt sie keine Antwort, aber ihr Blick ist sehr fest. Sie sieht jetzt wirklich schön aus, findest du nicht? Aber warte ab, jetzt lernst du eine ganz neue Sicht kennen.

«Würdest du heute abend Lust dazu haben, jetzt gleich?» *«Das geht nicht, nicht heute abend, ich habe Ann zu Hause, weißt du ...»*

Das, du begreifst es, glaubt er ihr nicht, und sie erwartet auch keine Sekunde lang, daß er ihr das abnimmt. Ann war auch gestern zu Hause. Und vorgestern. Aber sie macht sich auch nicht die Mühe, sich etwas Besseres auszudenken. Er kann sie später fragen, aber nicht jetzt. Das soll seine allerletzte Frage sein.

«Paß mal auf, eigentlich brauchst du doch gar keine Angst davor zu haben, ob ich mich nun tatsächlich in dich verliebe oder schon verliebt bin. Das müßte doch schön sein – jedenfalls für dich.» *«Das ist überhaupt nicht schön, absolut nicht. Verstehst du, ist doch klar, daß man scharf ist oder so, und dann geht man mit Männern ins Bett, die man kennt, da ist doch nichts Besonderes dabei, aber paß auf – wenn zuviel über Gefühle und so geredet wird, dann bekomme ich Angst.»* «Verdammt bündige und genaue Erklärung.» *«Wir fangen an, ganz schön voll zu werden, aber du verstehst, was ich meine, nicht?»* «Ja, ich verstehe, aber ich bin mir gar nicht sicher, ob du recht hast.»

Sieh dir die Augen der beiden an. Glaubst du nicht auch, es ist das, was wir Liebe zu nennen pflegen? Ja, das glaubst du, aber es kann auch Spiegelfechterei sein, eine ungewöhnlich geschickte Demonstration der Kunst, das Gesicht zu wahren, die zeigt, daß man die Maske gerade abgelegt hat. Na, dies ist jedenfalls echt.

«Ich mag dich.» *«Und ich mag dich sogar sehr.»* «Oder . . .» *«. . . oder, ja.»*

Sie berühren sich gegenseitig, nur ganz leicht. So können sie jetzt lange weitermachen, hier hast du eine kleine Probe, hör zu:

«Du, ist eigentlich komisch, daß man lebt. Überleg mal, wie viele schon gestorben sind, von den Gleichaltrigen, von den Freunden.» «Ja, man lebt, aber man hat seine besten Karten schon verloren.» *«Ja, vor langer Zeit. Schon ehe man siebzehn wurde.»* «Wie sagt doch Orwell, warte mal ein bißchen, ja so: Das sind wir, die tot sind.» *«Das stimmt nicht, aber wir sind irgendwie ja doch beinahe alt. Wir haben in so kurzer Zeit schon so viel erlebt.»* «Ja, aber was? Besäufnisse und Rauschgift und Sexualität?» *«Beispielsweise, aber auch anderes. Deshalb haben wir das Recht, eifersüchtig zu sein, verwirkt.»* «Und trotzdem ist man es manchmal, komischerweise.» *«Das ist richtig, man ist es manchmal.»* «Ich mag dich wirklich unwahrscheinlich gern.» *«Und ich dich.»*

Jetzt werden sie unterbrochen. Wenn du den Barkeeper mit ihren Augen siehst, so ist er nur eine Figur, ein Schatten. Das liegt teilweise an dem Whisky, aber nicht allein.

«Gute Nacht und vielen Dank für Ihren Besuch, meine Herrschaften. Auf Wiedersehen!»

Du, laß dir das nicht entgehen, gerade als sie hinausgegangen sind, wurde sie wütend. Man konnte sich kaum vorstellen, daß so etwas eintreffen konnte. Er sagte folgendes: «Du, das mit der Sexualität, ich will nicht geschwätzig werden, aber du mußt verstehen, daß du oft mit mir bumsen sollst. Das ist meine einzige Chance, um dich aus dem System herauszuholen, also aus meinem System.» *«Das also willst du? Mich aus dem System herausholen? Meinst du das ... mich aus dem System heraus ...»*

Er holt sie am Rand von Karl XII:s torg ein.

«Entschuldige bitte, ich hab einen dummen Versuch gemacht. Obwohl ich das irgendwie auch so meine, das ist wahr. Aber das wichtigste ist doch, daß, obwohl du es bist und wir uns noch gar nicht so lange kennen, ich genau weiß, was ich sagen muß, um dich zu kränken.» *«Das weiß ich auch, dich betreffend, aber das tun wir nicht.»* «Nein, das tun wir nicht, entschuldige.» *«Ich habe auch noch einige andere Punkte, in denen ich recht verletzlich bin.»* «Die werde ich auch noch kennenlernen.» *«Das wirst du ganz sicher tun.»*

Sie gehen jetzt in Richtung Hötorget, das große Loch, die U-Bahn-Baustelle. Jetzt stehen sie an der Kante und starren hinunter. Da unten stehen ein Bagger und ein Kompressor, und sie reden darüber wie von Spielzeugen. Sie sind Kinder, siehst du das? Und das ist ihre Rettung. Gleich werden sie zu spielen anfangen.

«Ich finde den gelben am besten. Der sieht so klein und zäh und energisch aus.» «Aber der andere ist größer und kräftiger. Der kann den kleinen hochheben.»

Aber warte, hier ist schon wieder was, im allerletzten Augenblick. Du mußt jetzt ganz nah herangehen, ganz dicht an ihre Lippen und sein Ohr. Du siehst, sie steht auf den Zehenspitzen, schmiegt sich seitlich an ihn.

«Ich find das unheimlich schön, mit dir ins Bett zu gehen.»

Jetzt küssen sie sich auch, zum erstenmal an diesem Abend.

Du, jetzt fängt das Spiel richtig an, und es wird lange so weitergehen. Sie klettern über die Absperrung da oben an Malmskillnadsgatan, über den Holzzaun, sie steht auf seinen Schultern. An der Seite geht es da tief hinunter, direkt unter ihnen zwanzig Meter steil runter und scharfkantige Steine, aber sie kommen problemlos hinüber. Und dann gehen sie die Holztreppen hinunter, ja. Eine Treppe, zwei, drei, ganz allein in einer Welt aus Scheinwerfern und Beton und Stahlskeletten. Da pinkeln sie erst mal, zuviel Wasser im Alkohol, und jeder in seine Richtung, jetzt sind sie einfach Kinder. Da unten laufen sie umher, wie Ameisen in einem sonderbaren Science-fiction-Märchen. Bald finden sie den Eingang in das Katakombensystem. Na klar, sie sind schon drin, Kilometer um Kilometer mit Tunneln und Treppen und Röhren und Verbindungsgängen, tief unter den Hochhäusern der Innenstadt. Sie laufen tiefer und tiefer hinein. Geben sich gegenseitig mit Streichhölzern Licht und helfen sich gegenseitig über schwierige Passagen, obwohl das gar nicht nötig ist. Es ist schwer, sich da unten zurechtzufinden, aber sie schaffen es. Im Augenblick schaffen sie überhaupt alles. Sie werden sich da unten stundenlang aufhalten und ihr phantastisches Spiel spielen. Ganz allein in der Unterwelt der Großstadt. Du mußt ihnen so lange und so weit als möglich folgen, aber darüber läßt sich nicht viel sagen, das ist nur ein Bild. Und sie sprechen über nichts anderes miteinander als über ihre Forschungsarbeit. Manchmal verlieren sie sich da unten im Dunkeln aus den Augen, aber sie finden sich immer wieder – noch bevor sie Angst bekommen haben. So als ob sie durch eine gefühlsmäßige Antenne miteinander verbunden sind. Das sind sie übrigens auch.

Das stimmt. Zwei spielende Menschen in einem sehr hübschen Spiel, mit einem Dekor, das Mathieu oder Sam Francis würdig wäre. Rhythmisch wie Ballett. Tiefer und tiefer. Durch pechschwarze lange Verbindungsgänge und steile Treppen und beleuchtete Tunnel. Schließlich kommen sie in die Zentrale hinunter.

Sie sind übrigens schon da. Wir wollen hören, was sie zu sagen haben. «Du, hier könnte man ja verdammt noch mal wohnen. Was für ein großes klasse Wohnzimmer man hätte.» *«Und hier, genau hier, wo ich zeichne, würde ich einen Swimmingpool einrichten, in den man direkt vom Bett oder vom Eßtisch aus hineinsteigen kann.»* «Du, guck mal, was ich gefunden habe! Hier gibt es eine Dusche, Doppeldusche sogar!» *«Ist da auch Wasser?»* «Ja, sicher, kalt und warm. Willst du duschen? Ich werde es jedenfalls tun, das ist genau das, was ich jetzt brauche.» *«Natürlich will ich duschen. Was anderes kommt gar nicht in Frage.»*

Du, mein Freund, siehst ihnen jetzt zu. Es gibt sechs Korridore, die zur Zentrale führen, und durch die *können* ja Leute kommen. Aber weshalb sollten sie sich deswegen Sorgen machen? Es kommen übrigens keine Leute.

Sie ziehen sich jetzt aus und legen ihre Kleider auf eine Hobelbank. Sie sind nackt und duschen, lange. Sie sind jetzt so glücklich, daß man ihnen erlauben müßte, hier unten zu bleiben.

«Du, es gibt nur ein Handtuch, du darfst es zuerst benutzen.» «Nein, du. Du bist schließlich ein Mädchen.» *«Schließlich ...»* «Warte mal, wir küssen uns, während wir noch naß sind. Das ist schön, das weiß ich noch.» *«Aha, das weißt du noch.»*

Sie küssen sich also, zärtlich, schön, lange. Er hebt sie hoch, und sie klammert sich an ihn. Sie sind nackt und feucht und lachen und küssen sich. Willst du nicht mehr länger hinsehen? Bist du schüchtern? Eifersüchtig? Schämst du dich? Es gibt nichts, weswegen man schüchtern sein müßte, absolut nichts. Jetzt trocknen sie sich gegenseitig mit dem Handtuch ab, halten sich noch einmal in den Armen. Jetzt fangen sie an, sich anzuziehen. Sie hat den Strumpfhalter und den BH an und schlurft da unten barfuß umher. Und jetzt findet sie die Schalttafel für die obere Hauptbeleuchtung. Aha, nun knipst sie die Schalter aus, einen nach dem anderen. Scheinwerfer Sveavägen, Scheinwerfer Sergels Torg, Beleuchtungssystem ostwärtiger Schacht. So, nun beginnt da oben ein Feuerwerk. Da ist es jetzt Nacht. Ein paar Polizisten und Stadtstreicher und Trunkenbolde und Zuhälter starren auf die wechselnde Illumination. Wissen nicht, was das zu bedeuten hat, nichts dagegen zu machen. Große rund Bullenaugen. Nicht mal die Polizei weiß, wo die Schalttafeln sitzen. Wagt außerdem gar nicht, ohne ortskundigen Führer hinunter in das System zu steigen. Das kann gefährlich sein. Das *ist* gefährlich. Für einige.

Sie haben sich angezogen. Gehen ruhig aus der Zentrale hinaus. Hand in Hand. Klein in einem großen System. Haben aber keine Angst. Nur voreinander.

Sie bleiben eine Dreiviertelstunde unter der Erde. Dann klettern sie den Schacht zu Vasagatan durch eine Ventilationsröhre hinauf, sicher ein Weg, den noch niemand vor ihnen benutzt hat.

Jetzt sind sie draußen. Es hat angefangen, hell zu werden. Sie sind zurück. Gehen leere gerade Straßen entlang. Sie bleibt in einem Hauseingang stehen, knöpft die Strumpfbänder auf und rollt die Strümpfe hinunter. Die sind zerrissen, natürlich.

Jetzt fängt es wieder an. Du kannst jetzt wieder zuhören, die Vorführung in Bild und Bewegung und Licht und Dunkelheit ist zu Ende.

«Jetzt ist der Augenblick gekommen, und ich muß dich fragen: Willst du heute nacht mit mir schlafen? Die Frage lautet also nicht, was wir machen sollen, sondern was du willst.»

Sie antwortet nicht, sondern lächelt, immer noch wie ein kleines Mädchen.

«Du mußt antworten, du mußt wissen, was du willst.» *«Nein, ich muß nicht antworten.»* «Ich hätte dich da unten vorhin nehmen können.» *«Klar, warum hast du es nicht getan?»* «Das weißt du doch.»

«Ja, ich weiß es.» «Wir haben auf jeden Fall eine klare Chance, glaubst du das nicht auch?» *«Meinst du denn, ich wäre sonst hier?»*

Sie gehen die lange, menschenleere Straße entlang. Manchmal nehmen sie sich in den Arm, manchmal nicht.

Sie erreichen einen Punkt und stehen mitten auf der Straße, nahe beieinander, Auge in Auge.

«Hier trennen wir uns, du in deine Richtung, ich in meine, jeder von uns in eine andere Richtung.» «Du mußt mir das alles irgendwann einmal erklären.» *«Ja. Werd ich machen. Das verspreche ich. Sobald ich es selbst weiß. Du mußt auch über vieles sprechen.»*

Sie küssen sich ganz leicht und langsam.

«Ich könnte dich jetzt provozieren und dich fragen: Warum trennen wir uns jetzt, meinetwegen, deinetwegen oder unseretwegen?» *«Aber das tust du nicht. Was war das noch, das wir nicht ins System bringen sollten?»* «Die Lüge.» *«Genau.»* «Nein. Natürlich sage ich das auch nicht.»

«Tschüß! Paß gut auf dich auf. Ich ruf dich morgen an.»

Sie gehen jetzt los, jeder in seine Richtung, mitten auf der Straße. Nach einer Weile dreht er sich um, bleibt stehen und sieht ihr nach. Kurz vor der Straßenecke dreht sie sich auch um und bleibt stehen. Ruft deutlich und widerhallend: *«Du darfst nicht da stehen und so aussehen! Geh weiter!»* Er dreht sich um und geht und kommt auf dich zu, während sie weit hinten um die Ecke verschwindet.

Schluß:
Du kannst jetzt nach Hause gehen. Du bist vierundzwanzig Stunden dabeigewesen, und jetzt ist es zu Ende. Du kannst, was geschehen ist, nicht beurteilen, und du wirst nie erfahren, wieso nicht. Aber du hast alles gesehen und gehört.

1963